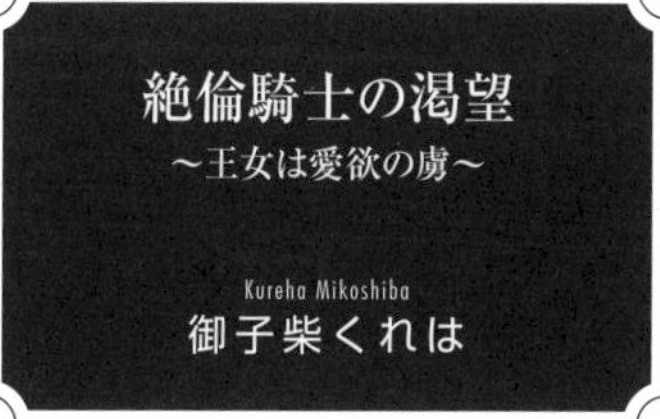
絶倫騎士の渇望
〜王女は愛欲の虜〜
Kureha Mikoshiba
御子柴くれは

JN067529

H
Honey Novel

Illustration

緋月アイナ

CONTENTS

序章　幼馴染みふたりの約束

　バンフィールド大陸の西に位置するドリスコルは小さいながらも地理的に恵まれており、緑が深い山々と青く澄んだ海が同居する自然豊かな王国だ。他国であれば王が領主ほどの規模の国家であり、王族と貴族や庶民の距離も近いため、国全体が親近感があり家族的なことが特徴として挙げられる。

　クリフトン・サムウェル三世が治めるこの国の中央には、いくつもの高い尖塔（せんとう）を持つ堅牢（けんろう）な城が建ち、城の中には季節の花々が咲き乱れる広い中庭があった。

　晴れた日には、そこがクリフトンの末娘とサムウェル家に縁がある伯爵家の子息の遊び場となっている。芝生の上を元気に駆け回る、小さなふたつの影。互いに追いかけては追いつき、花を摘んだり虫を捕まえたり、ときには寝っ転がって空を見上げたり、誰も邪魔しに来ないこの場所は、ふたりにとって秘密の花園だ。

　幼馴染み（おさななじみ）同士、特にお気に入りの〝ごっこ〟遊びがあった。

　花束を持った末娘の前で、子息のほうが片膝をついて腰を落とし、彼女を見上げる。

「おれ、アレクシス・フィルポットは、ステファニー・サムウェルをしょうがいあいすることをちかいます」

「ほんとうに？」

ステファニーが目を輝かせて問うと、アレクシスが困ったように続けた。

「ステフ、せりふがちがうだろ？　そこはおれにもあいをちかうところだ」

「だって、やっぱりうれしくて……」

ステファニーの眩しい笑顔に、アレクシスははにかむ。

「それにおれはきしでもあるんだから、きしのちゅうせいもちかわせるんだぞ？」

「でもアレクはまだ、きしじゃないわ」

「おれはぜったいにきしになるから！」

焦るアレクシスの様子が面白くて、ステファニーはくすくすと笑った。

「わかっているわ。アレク、わたしもあなたをしょうがいあいすることをちかいます。それにきしとして、わたしにぜったいのちゅうせいをちかってね？」

「……そ、それでいいんだ」

アレクシスは照れたとき、わざとぷいっとそっぽを向く。

ステファニーはそれを知っているから、予想通りの反応が楽しくて仕方がなかった。

「ねえ、アレク。わたしたち、いつかほんとうにけっこんできるのかしら？」

「おまえはおうじょだろう？　おれはいっかいのきしにすぎない」

「…………」

これはあくまでも遊びだと言われているような気がして、ステファニーの気が沈む。

そんなステファニーを前に、アレクシスは慌てて言葉を継いだ。

「で、でも、おれがかならずむかえにいくから！」

「こんどはほんとう？」

「ほんとうだ。おれ、ステフのことがすきだから」

今度はそっぽを向かず真面目に言うアレクシスに、ステファニーは微笑む。

「わたしもよ、アレク。だから、えいえんのあいをちかうわ」

ステファニーが差し出した手を取り、アレクシスはその甲に騎士らしい優しい口づけを落とすのだった。


しかし思春期に入ったステファニーとアレクシスの距離は、縮まるどころか離れていく一方だった。騎士見習いとして騎士団に従事するようになったアレクシスは忙しくなり、めったにステファニーと会うこともなくなってしまった。あの中庭で遊んでいた日々が遠いことのように感じられて、ステファニーは悲しく思う。なぜならステファニーの心は、小さいときから変わっていなかったからだ。いまも一途（いちず）に、アレクシスを想（おも）っていた。

だからあまりに寂しくて、騎士団の訓練場までアレクシスを訪ねたことがあった。

夕方になろうというところで、空は濃い橙（だいだい）から次第に藍色に染まっていく。

「アレク!!」

訓練場で片づけをしているアレクシスを見つけ、ステファニーは思わず駆け寄った。

アレクシスのほうは驚きからか、目を大きく見開いている。

「ス、ステフ……なんでここに？」

「なんでって、だって最近、ぜんぜん会ってくれないじゃない！　私は――」

「ステフ、俺は早く騎士にならなければいけないんだ。お前と会っている暇はない」

「……っ」

すげないアレクシスを前に、ステファニーはぷうっと頬を膨らませた。

「なんでそこまでして騎士になる必要があるの!?　私はもっとアレクと会えたほうがいいわ！」

「……騎士にならないと、お前の傍（そば）にいられないから」

「え？」

ぼそりと告げられたアレクシスの台詞（せりふ）を、ステファニーは聞き逃す。

「何？　聞こえなかったわ。もう一回、言って？」

「帰れと言ったんだ」

「っ⁉」

その言葉は胸にぐさりと刺さり、ステファニーの目には覚えず涙が浮かんでしまう。

「アレクのバカっ‼」

罵倒を最後に、ステファニーはくるりと身を翻した。そのまま城を目指して走っていく。

「……………」

そのうしろ姿が小さくなるまでアレクシスが見つめていたことを、ステファニーは知らないままだった——。

一章　騎士の名誉の負傷

二十歳(はたち)になったステファニーは、あの頃のことを懐かしく思い出す。美しく育った彼女は輝くストロベリーブロンドの長い巻き毛、細い手足が伸びる小柄な体軀(たいく)、ドレス越しにもわかる豊満な胸を持ち、立派な大人の女性になっていた。

けれど菫色(すみれいろ)の瞳はいま、暗く沈んでいる。

なぜならつい先ほど、実父であるクリフトン王の口から、隣国カスタニエの第一王子、エドワール・ランジェレとの婚約が決まったと知らされたばかりだったからだ。

いつか政略結婚の道具にされるとは覚悟していたが、大陸間の平穏を維持するために各国に嫁いでいった姉たちと同様に、自らも一度も会ったことのない相手と結婚することになるのだと、沈痛な面持ちで窓の外を見下ろしていた。

ステファニーの私室からは、ドリスコル王国の軍事と栄誉を担う、聖ガードドナー騎士団の訓練場を見渡すことができる。ステファニーの瞳はいつでもずっと、剣の稽古をする副団長、アレクシスの姿を追っていた。

遠目に見てもアレクシスは、端整な顔とすらりとした肢体を持つすばらしい軍人に成長している。漆黒の髪を揺らして剣を振るアレクシスは本当に格好いいと、ステファニーは思う。あの小さなアレクシスがこんなにも素敵な紳士になるなんて、ステファニーは想像していなかった。自分の成長が自分では実感できないように、アレクシスもまた意識はしていないのかもしれないが、たまに会えるときにステファニーを見つめてくる朱が差した鳶色(とびいろ)の瞳は、己の心をざわつかせ、身体(からだ)のうちに熱い炎を揺らめかせるのであった。

＊　＊　＊

尖塔のひとつから敏感に視線を感じて、アレクシスは剣を下ろす。振り返るも、尖塔の窓の向こうではひとが多く行き交っているので、残念ながら誰かまでは特定できなかった。自分の想像通りならどんなによいかといつも思ってしまうことは、無論のこと顔には出せない。

そんな気もそぞろなアレクシスに、訓練相手が声をかけてくる。

「どうした、アレクシス？　まだ稽古は始まったばかりだぞ」

「すみません、団長」

聖ガードナー騎士団の団長、セオドア・サクソンはアレクシスの唯一の上司に当たる。黄緑色の瞳を瞬かせながら、縦にも横にも大きなセオドアが、がしがしと赤い短髪の頭をかいた。

「最近、浮き足立っているようなときが多くないか？」

「っ!?　そ、そんなことは……」

慌てて取り繕おうとするが、弱冠二十二歳と齢三十の経験差により、セオドアにはアレクシスの込み入った内情が手に取るようにわかってしまうらしい。そのせいで大仰に溜息(ためいき)をつかれてしまう。

「王女さまのことだな」

「………」

「いい加減、諦めろ。アレクシス、お前はフィルポット伯爵家の長男なんだから、女なんか選び放題だろう？　なぜ手に入らない女をいつまでも追い続けるんだ」

「べ、別に追い続けてなど……」

しかし声は尻すぼみになっていた。感情的になると朱が差す独特な鳶色の目は、完全に泳いでいる。

「ステファニーさまと幼馴染みなのは知っているが、彼女は一国の姫なんだ。上の王女さま方と同様に、いずれは別の国の男のものになっちまうよ」

「それは……承知の上です」

「だったら――」

セオドアが言いかけたとき、城のほうから走ってくる者がいた。コリン・アッシャー、アレクシス直属の騎士団の部下だ。

「大ニュース、大ニュースっすよ！」

「お前、どこでサボっているのかと思ったら！」

セオドアが騎士団の鎧を身につけた十九歳のコリンの襟首を摑むも、東洋生まれで黒髪・黒目の彼はぺらぺらといま仕入れたばかりの情報を全員に聞こえるよう、さっそく話して聞かせた。

「大変なんすよ！　ステファニーさまの結婚がついに決まったんだそうっす！」

瞬間、全員の顔がアレクシスに向けられる。アレクシスがステファニーの幼馴染みで、彼女を密かに想っていることは、騎士団員であれば誰もが承知の事実だった。

「お相手はなんと、隣国カスタニエの王子らしいっす！」

コリンから同情するような視線を向けられ、アレクシスは居心地悪いことこの上ない。しかしそれより聞いたばかりの情報に愕然とせざるを得なかった。

コリンが申し訳なさそうにアレクシスに告げる。

「副団長、元気出してくださいっす。調理場担当の侍女ですが、副団長に惚れているミンデイというかわいい娘が――」

「お前、もううちを辞めて情報屋にでも転職しろ」

そう吐き捨て、剣を鞘にしまったアレクシスは訓練場をあとにした。「ひどいっす〜」というコリンの嘆きが周囲に響き渡る。

「お、おい！　アレクシス、どこへ行く気だ！」

「すみません、すぐに戻ります」

セオドアに引き留められたが、アレクシスは湧き上がる焦燥を抑えられそうになかったのだ。

＊＊＊

「姫さま、お元気を出してください」

ステファニー付きの侍女、十八歳のシンシア・ハクサムは藍色の目を潤ませ、先刻より主を心配し続けている。ステファニーの私室には豪華な調度品が並んでいて、いつもシンシアがせっせと手入れしているが、ステファニーの意気消沈した様子から、いまはそのどれもが色あせて見えるのだった。

「……ありがとう、シンシア。私も、いよいよということなのね」

「姫さま……」

シンシアは髪と同じ亜麻色の眉を落とし、ステファニーを気遣う。ステファニーよりも体躯の小さな彼女は、主を見上げて進言した。

「あの……僭越ながら、アレクシスさまとお話しなさったほうがいいのでは——」

しかしステファニーの顔は浮かないままだ。

「話してどうしろと言うの？　困らせるだけだわ」

「でも幼い頃に……」

「あれは小さすぎたから、ふたりともわかっていなかったのよ。まだお互い四、五歳だった頃のことよ？」

ステファニーが、ふんと苦笑してみせる。

「ですが……」

ステファニーの本心を悟っているから、シンシアは彼女に愛するひとを想い続けてほしいと思っている。たとえ他国へ嫁ぐことになっても、それぐらいならば許されるのではないだろうかとも。

そのとき部屋のドアが外側からノックされた。

シンシアが「どうします？」という視線を投げかけるも、とても誰かに会う気分ではないからとステファニーは首を横に振る。

しかしノックはいっこうにやまず、しつこいぐらい部屋に鳴り響いていた。

シンシアは主の留守を偽るために、叩かれ続けている扉のほうへ急ぐ。エプロンドレスの裾を持ち、ぱたぱたと走っていった。

「申し訳ございませんが、ステファニーさまは——あっ!?」

ドアの向こうの執事のうしろに立つ人物を見て、シンシアはぎょっと目を見開いた。

＊＊＊

ステファニーは私室に招いた客と向かい合っていた。執事から〝急ぎ〟だと取り次がれたのは、意外な人物だったのだ。シンシアは気を利かせて外に出てしまったので、いまはふたりしかいない。夕日が射し込む部屋で、しばらくふたりとも黙って見つめ合っていた。やがて口を開いたのは、意を決したステファニーだった。

「どうして来たの？」

それは咎めるような口調だったから、きっと相手は驚いたに違いない。

けれどアレクシスは、わずかの動揺も示さなかった。

「カスタニエの王子と婚約が決まったと聞いたから」

「なぜ、それを……」

愕然と目を見開くも、アレクシスは口角を上げるだけだ。

「うちには有能な情報屋がいるんでね」

どうやらステファニーとエドワールの結婚話は、すでに城内で噂の的らしい。ステファニーは頭を抱えたくなった。

「……あなたにだけは知られたくなかったわ」

「どうして？」

「どうして？」

ステファニーはキッと相手を睨みつける。

「そんなことも忘れてしまったというの!?」

「忘れたと思うのか!?」

しかし逆に怒ったのはアレクシスのほうだった。

びくりと身をすくませると、アレクシスはステファニーの腕を強引に取る。

「俺はあのときの約束を一度たりとも忘れたことも違えたこともない！　それはお前がいち

ばんよくわかっているはずだ！」

「ア、アレクシス、落ち着いてっ……」

「落ち着いてなどいられるか！」

完全に激昂(げっこう)したアレクシスは、言葉の勢いのままステファニーの腕を引いて自分の胸の中に収めた。そのままぎゅっと、強く抱き締める。

ステファニーのほうが動揺して、心臓がばくばくと激しい音を立て始めた。

「や、やめてっ……ダメよ、アレク――！」

「……子供の頃は、こうして抱き合ったこともあっただろう」

今度はやけに落ち着いた様子で、アレクシスが言う。

その草原のような汗の匂いと耳に心地よい重低音の声音に、思わず瞳が潤んでしまう。

「いまはもう……子供じゃないのよ……」

ついに泣き出したステファニーは、己の顔をアレクシスの胸に押しつけた。

「知っている」

「知ってなんか、ない」

「わかっている」

「わかってなんか、ない」

ぐすぐすと鼻をすするステファニーの髪を、アレクシスが優しくすく。

「ステフ、俺はお前を愛している」

「ダメ……それ以上は、もう――」

「いや、何度だって言う。俺はお前を愛しているんだ」

「アレク、やめて……！」

うれしいはずのアレクシスからの言葉はいま、聞けば聞くほどステファニーの心をえぐるのであった。

「ステフ、俺と――」

「離して！」

無理やり身体をひねり、アレクシスの腕から逃れる。はあはあと荒い息をつき、涙を流しながら、ステファニーは懸命にアレクシスに訴えた。

「聖ガードドナー騎士団の副団長、アレクシス・フィルポット。無礼なまねは許されません。わたくしはステファニー、サムウェル家の末の王女なのですから」

「ステフ……」

「もう愛称で呼ばないで！」

ステファニーはアレクシスの言葉を断ち切る。

「そしてもう二度とここへも来ないで。誰かに知られたら大事だわ」

「…………」

アレクシスはやりきれない想いを抱いているのか、無表情でこちらを見つめていた。まるで空になってしまったとでもいうように、行き場のない腕を持て余している。

「私とあなたには身分差があるのよ。もう昔と同じではないの」

涙をぐいと腕で乱暴に拭うと、ステファニーは毅然と言った。

「明日の馬上槍試合は王女として観戦に行くわ。あなたと会うのも、それが最後よ」

「……そうか」

ほかに何か言おうとしたのかアレクシスは口を開きかけるも、それ以上ステファニーと関わろうとはせず、彼女の部屋を静かに出ていく。

残されたステファニーはひとり、机に突っ伏して泣いたのであった。

＊　＊　＊

馬上槍試合とは、バンフィールド大陸で騎士の技量を競う歴史のある競技会だ。聖ガードナー騎士団も日頃の成果を試すために、定期的に行う模擬戦争でもあった。槍という名目はあるものの、ほとんどすべての武器が使用される。優勝者には報奨金と名誉、さらにクリフトン王に願いごとをする権利が与えられるという、騎士団員としては夢のような見返りがあった。団体戦や一騎打ちなど、さまざまな種目がある中で、アレクシスは毎回どの種目でも優勝候補のセオドアを抑え、勝ちをかっさらっていたのだ。

控え室で身支度を整えながら、くだんのセオドアはアレクシスに釘（くぎ）を刺した。

「アレクシス、今回優勝したとしても王女さまはもらえないからな」

「…………」

アレクシスは答えない。なぜなら今回優勝することができたら、セオドアの予想通り、クリフトン王にステファニーを嫁にほしいと願い出るつもりだったからだ。それは誰に何を言われようと揺るがない、アレクシスの確固たる決意だった。

「大丈夫っすよ、団長。副団長だってそこまでバカではないっす！」

するとと何も言わないアレクシスの代わりに、コリンが口を挟む。

「……少なくとも貴様は俺をバカだと思っていたんだな？」

アレクシスの冷えた声音に、「ひい」っとコリンがすくみ上がった。

「おい、アレクシス。本当に大丈夫なんだろうな？　でなければ俺は、今回こそなんとしてでもお前を止めなければならないことになる」

真剣なセオドアの言葉はしかし、アレクシスを奮起させるだけだ。

「今回こそ俺に勝てるといいですね。悪いですが俺は、今回も手は抜きません」

さっさと踵を返すアレクシスの背中を、セオドアは複雑な目で見つめていた。

本命のアレクシスが闘技場に出ると、わあああっと歓声が響き渡った。城内のほとんどの者たちはもちろん、城下町の一般人も多く会場に入れているので、馬上槍試合は毎度お祭り騒ぎになり、こうしたにぎわいを見せるのだ。

アレクシスはちらりと貴賓用の観覧席に目を向けた。そこにはクリフトン王を始め、セレスト王妃、王太子のサイラス、王太子妃のパトリシア、そしてステファニーがそれぞれ侍従を連れて並んでいる。

今日のステファニーは正装なので、昨日よりも輝いて見えた。臙脂色のドレスがティアラを載せたストロベリーブロンドを際立たせている。

ちなみに騎士団の正装は黒を基調とした甲冑なので重々しいが、昔ステファニーに自らの漆黒の髪に映えると言われて以来、アレクシスはこの格好が気に入っていた。

アレクシスの熱烈な視線に気づいたのか、ステファニーの菫色の瞳がこちらを一瞥するも、すぐに逸らされてしまう。なんとも言えない気分に駆られたが、それも自分が優勝するまでの辛抱だと、アレクシスは競技に集中することに決めた。

試合は順当に進んでいき、やはり最後はアレクシスとセオドアとの一騎打ちになった。セオドアはアレクシスの〝願い〟を恐れているらしく、団長としてなんとしてでも制止してみせるという気迫が伝わってくる。

それでもアレクシスは宣言通り手を抜くことはなかった。最後の競技は馬上からの弓の引き合いで、アレクシスがセオドアを丸い矢尻で吹き飛ばせば勝ちが決まる。

二頭の馬の通りすぎざま、アレクシスとセオドアは互いに弓を引き絞った。

一瞬早く、アレクシスの矢がセオドアを捉える。セオドアの兜(かぶと)は文字通り吹き飛び、彼は馬上から転げ落ちてしまう。

しかしそのときにはすでに、セオドアもまた矢を発射していた。

アレクシスのほうに向かうはずの矢は、セオドアが落馬したことにより、弧を描き、なんと貴賓用の観覧席に向かっていく。

「……っ!?」

その軌道に誰よりも早く気づいたアレクシスは、急いで馬首を翻し、ステファニーの元へ一目散に走った。矢がステファニーに届くかはわからなかったが、もし何かあったら一生後悔すると思い、アレクシスは急いで馬を駆っていく。

一方、貴賓用の観覧席では、血相を変えて向かってくるアレクシスに驚いているだけで誰も逃げようとしない。矢はどんどん迫っていた。そしていやな予感とは的中するもので、その軌道は明らかにステファニーに向かっていたのだった。

「ステフ!!　逃げろ!!」

アレクシスが叫んだとき、ステファニーは驚愕に目を見開いていた。そこで初めて、空から矢が自らの上に降ってきていることに気づいたらしい。しかしステファニーは動けない。隣のシンシアも固まったままで、誰も役に立ちそうになかった。

間に合え――！　と、アレクシスは馬から飛び降り、貴賓用の観覧席に飛び込むと、ステファニーを抱きかかえるように覆い被さる。

そのとき、矢がついに着地点を刺した。

「アレク……？　アレク!!」

アレクシスが最後に聞いたのは、そんなステファニーの叫びだった。愛称を呼んでくれたことがうれしくて、アレクシスは静かに目を閉じた。

アレクシスはステファニーを庇って馬から飛び、金属の柵に引っかかって派手になぎ倒して地面に倒れ込んだことで、右腕を大量出血していた。傷は深く、医師や看護師が入れ替わり立ち替わりアレクシスの部屋を訪れ、介抱する日々が続く。

ようやく落ち着いてベッドに寝ていられるようになった頃、昼に最初の面会に現れたのがステファニーだった。

ステファニーはまだ話してもいないのにすでに瞳を濡らしており、ベッドに横たわるアレクシスの元に駆け寄る。

「アレク、アレク！　ごめんなさい、私、私なんかのために……！」

かすれ気味の声でそう答えると、ステファニーはますます涙を零した。

「何言っているんだ。俺が大事なのは後にも先にもお前だけだ」

「アレク、ねえ、私、時間の許す限りあなたの傍にいるわ！」

「……結婚、するんだろう？」

わざと冷めた口調で問うたら、ステファニーが微笑む。

「お父さまに少しだけ先延ばしにしてもらったの！」

「先延ばし？　そんなことができたのか？」

「ええ、大事な幼馴染みの看病があるからって、後生だからってお願いしたの」

「………」

しかしその言葉は、負傷中のアレクシスを少なからず傷つけた。ステファニーの無邪気な残酷さは、療養中の身には特に心が痛む。

「大事な幼馴染み、か――」

「え？　なあに？」

ステファニーは持参してきた看護用品を広げ、何が必要かを見極めている最中だ。

アレクシスはなんだか、心の奥底からふつふつと怒りが込み上げてきてしまう。ステファニーを逆に傷つけてやりたい衝動に駆られた。

「まずは濡らしたタオルで身体を拭きましょうね？　ねえ、起き上がれるかしら？」

「…………」

何も言わずにいると、ステファニーがようやくアレクシスの変化に気づいたようだ。

「アレク、大丈夫？　傷が痛むの？」

「……痛いのは、心だ」

ぼそりとそう呟いたら、ステファニーは「え？」と聞き返してくる。

アレクシスはもう自分の感情が抑えきれず、バッと上体を起こすと、痛みをこらえてステファニーをベッドに引きずり込んだ。

「きゃっ……!?」

気がつけばアレクシスがステファニーをベッドの上に組み敷くという形になり、その状況を遅れて理解した彼女はかあっと頬を染める。

「ア、アレク……ど、どうしたの？　なんでこんなことするの？」

「むかついたから」

「えー―」

「何もわかっていないお前にむかついたんだよ」

吐き捨てるように上から言うと、ステファニーの身体が震え始めた。

「わかってないって……私はただ、アレクの看病をしたくて、それで……」

「いいか、ステフ」

収まらない怒りに任せ、アレクシスはまくし立てる。

「男とふたりきりっていうのは、こういうことを覚悟しなければいけないんだよ！　身体を拭く、だと？　それがどういうことかわかっているのか!?　裸の俺に触れるということだ！　俺がどういう気持ちになるか、お前は考えなかったのか!?」

本当は心が傷ついているのに正直になれず、露悪的に振る舞ってしまう。ステファニーが好きだから、いとおしいから、余計に彼女に自分の痛みをわからせたい。

「……アレク、アレク、怒らないで……ごめんなさい」

アレクシスの激昂に、ステファニーはしくしくと泣き出してしまった。

「…………」

すっかり冷めたアレクシスは、ステファニーの上からどき、ベッドの端に腰かける。

「もう、ここへは来るな」

「……え？」

ステファニーは起き上がり、恐怖に顔を引きつらせた。

「どうして――」

「いい年の男女がふたりきりになるとは、本来こういうことを言うんだ。俺はお前を手に入れられなかった。だからと言って我慢できる自信もない。次は襲うぞ」

「ア、アレク……」

「頼む。帰ってくれ」

「――」

アレクシスは縋(すが)るようにささやく。

ステファニーは何か言いかけたようだが、振り向きもせずにいたら、やがて静かに部屋を出ていってくれた。

残されたアレクシスはひとり、大きな溜息をついてベッドに身体を沈める。こんなに惨めな気持ちになったのは、人生で初めてのことだった。

＊＊＊

その日の夜、私室で入浴の準備をしているシンシアに、ステファニーは思いきって声をかけた。

「ねえ、シンシア。お願いがあるの」

「はい、なんでしょう？　姫さま」

シンシアが振り返って微笑む。

純粋なシンシアになんと言えばいいかわずかに迷うも、結局素直に告げるしか選択肢がなく、それは次の言葉に集約された。

「初夜の準備をしてくれない？」

「っ!?」

がたたっとすさまじい音を立てて、シンシアがずっこける。

「シ、シンシア！　静かに！」

シンシアが立ち上がるのを慌てて助けながら、ステファニーはきょろきょろと周囲の様子を探る。どうやらいまの衝撃では、衛兵たちがやってくる気配はない。ステファニーはほっと安堵して、シンシアに向き直った。

「お願い、誰にも内緒にして？　黙って私の頼みを聞いてほしいの」

しかしシンシアはもう笑えないらしい。さらにぴんときたのか、心配そうな色を顔に浮かべた。

「姫さま……それはなりません！　アレクシスさまに想いをお伝えするだけなら、わたくしも賛成でしたが、それ以上は国の信用にも関わってまいります。カスタニエと戦争になってしまうかもしれないのですよ!?」

「わかっているわ、わかっているわよ！」

ステファニーはいやいやするように首を横に振る。

「でも止められないの！　いまを逃せば、もうチャンスはないわ！　会ったこともないひとに初めてを捧げるなんて、私はいやなの！　アレクシスが好きなのよ!!」

ステファニーはついに自分の心を認めた。先刻、アレクシスに追い払われたことにより、彼の傍にいたいという気持ちが爆発していた。アレクシスが好きで、愛しているから、最初は彼がいい。アレクシスでなければダメなのだ。

「……ステファニーさま――」

シンシアは泣きそうに表情を歪め、ステファニーを見つめる。それから深呼吸したのち、諦めたような笑みを浮かべた。

「わかりました。このシンシア、初夜の準備をお手伝いいたします」

「ほ、本当⁉」

ステファニーがぱっと顔を輝かせると、シンシアは重々しくうなずく。

「もしこの件が露呈すれば、クビになるどころではありませんが……わたくしはステファニーさまには不幸せになってほしくないのです」

「シンシア……！」

半泣きで己の侍女を抱き締めると、シンシアも抱き返してくる。

「でもひとつだけ約束してください」

「何？」

「想いを遂げたら気持ちを切り替えて、嫁ぎ先で幸せになってください」

シンシアの思いの強さに胸を打たれ、ステファニーは大きく首肯するのだった。


シンシアに手伝ってもらって衛兵の目をかいくぐり、ステファニーは騎士団の寮にあるアレクシスの部屋にやってくる。シンシアはステファニーが無事にドアまで辿(たど)り着いたところを見届けると、最後に笑顔を向けて城に戻っていった。

ステファニーは緊張しながら、ドアを静かにノックする。

すると間もなく、警戒するような応答があった。

「誰だ？」

「私よ、ステファニー」

「ステフ!?」

驚いたような声が一足飛びに近づき、やがてドアが急いたように内側から開く。

目を丸くするアレクシスの前をすり抜け、ステファニーは部屋の中に滑り込んだ。

アレクシスは慌てたようにドアを閉め、急いで鍵をかける。

「こんなところで何をしているんだ!?　それもこんな夜中に！」

何かあったらどうするつもりなのだと、アレクシスはステファニーを叱った。

「あなたに会いたくて……ねえアレク、もう怒らないで？」

「……っ」

昼間の件が尾を引いているのか、アレクシスは返答に詰まる。けれど思い出したように、
ステファニーに毅然と言い放った。

「ここにはもう来るなと言ったはずだ」

「ええ、これが答えよ」

うなずくステファニーの真意が理解できず、アレクシスの眉間にしわが刻まれる。

ステファニーははおっていたガウンを脱ぎ捨て、かわいらしい白の部屋着姿を見せつけるように、くるりとその場で一回転した。本当は心臓が飛び出そうなほどドキドキしていたが、アレクシスをその気にさせるよう精一杯、挑発的に振る舞ってみせたのだ。「そんな格好で……」と、アレクシスの苦々しい呟きが聞こえる。

「ふうん？」

「答えとは？　お前はもうすぐ結婚する身なんだ。挑発には乗らないし、乗れない」

アレクシスを試すように、ゆっくりとドアの前に佇む彼に距離を詰めていった。

「私のこと、好きなんじゃなかったの？」

「――――」

「私のこと、愛しているんじゃなかったの？」

いよいよアレクシスは追い詰められ、ドアに背中を貼りつけることになる。

そんなアレクシスを精神的にも肉体的にも逃がさないよう、ステファニーはほとんど彼の体温が感じられるところまでぴたりと身体を寄せた。アレクシス独特の草原に似た匂いは、夜這いをかけにきて緊張していたはずのステファニーを落ち着かせる。

しかしアレクシスのほうは限界らしい。ステファニーを突き放すことができず、抱き締めることもできずに、血管が浮くほど握った拳を震わせ、懸命に彼女を視界に入れないよう顔を背けていた。

「ステフっ……頼む――」

「何を？」

くすりと笑うと、アレクシスがようやくこちらを向いてくれる。その瞳に戸惑いと情欲の灯火を見て取って、ステファニーはうれしくなった。朱が差す鳶色の双眸はいま、燃えるように赤い。

「ねえ、アレク。私たち、愛し合っているのよ？」

「……え？」

ぽかんと口を開け、アレクシスは呆けたような声を出す。

「だが、昔と同じではないと――」

「確かに言ったわ」

ごめんなさい！　と、ステファニーは言葉を継いだ。

「あのときは心にもないことを言ってしまったの……でも、約束したはずよ。永遠に愛することを誓うって」

「ステフ……」

アレクシスの顔が泣きそうに歪む。

ステファニーは手を伸ばし、そんなアレクシスの頬を優しく包み込んだ。

「アレクシス・フィルポット、好きよ。心から愛しているわ」

「――――」

アレクシスはわずかの間を置いてから、思いきったようにステファニーの手に自分の手を重ね、もう離さないとばかりに握る。

「ステファニー・サムウェル、俺も、俺も好きなんだ。心から愛している。お前のためならば、この命を懸けて人生を捧げてみせよう」

「アレク……」

あまりに感動したからか、長年封じ込めていた想いをやっと吐露できたからか、ステファニーの双眸には涙が浮かんできた。その最初の一滴がぽろりと頬を伝ったとき、アレクシスの顔が近づき、彼は口づけでそれを吸い取る。そのまま頬にキスを散らしていき、ステファニーの中にもどかしさが生まれたところで、唇に柔らかい感触がもたらされた。

「ああ、ステフ……ずっと、こうしたかった――」

ささやきは、互いの口の中に溶けていく。

「あ……アレク……っ」

アレクシスがステファニーの唇を優しく食むと、ずくっという痛みに似た激情が心の奥底から湧き上がってきた。アレクシスがいとおしくて仕方がない。

「ん……ふ……」

初めてのキスに戸惑いつつも、夢中になって唇を動かした。自然に息が漏れ出て、鼻にかかったような声が抜けていく。

初めて同士というぎこちない口づけは続き、しばらくはそれぞれ唇の感触を堪能していた。

「ステフ、ステフっ」

それでも足りないとばかりに、やがてアレクシスの舌が伸びてくる。

下唇を舐められ、ステファニーはぴくりと反応した。

「んぅっ！」

身体が思わず跳ねてしまう。先ほどから身体がおかしい。まるで火がついたように熱いのだ。

「あんっ、アレクぅ……！」

おずおずと舌を出し、アレクシスの唇を舐めた。

するとアレクシスも何か感じているのか、ぴくりと身体を揺らす。

立ったままなのはつらい体勢だけれど、いまキスを続けないといけない気持ちに駆られ、ふたりの欲情は止まらない。離れたら何もかもが夢だったかのように終わってしまう、そんな恐怖にさえ苛まれていた。

唇を舐め合っていたら、ふいに舌同士が自然に絡む。

「――!?」

その新しい感覚に酔わされ、ふたりは本能的に舌と舌を擦り合わせた。

「んふぅ……は、ぁ……っ」

それがあまりにも気持ちよくて、力が抜けた下肢ががくがくと震え出す。

アレクシスもそう思っているのか、間もなくステファニーの舌をむさぼり始めた。

くちゅ、ちゅっと、唾液の音が室内に響き、淫靡な雰囲気を漂わせている。

「ステフ……なんて、なんて柔らかいんだ……！」

「ん……アレクも、とっても、柔らかいわ……！」

子供の頃にはできなかった大人の行為。いつの間にか成長していたふたりは、大人が許される求愛方法にのめり込んでいた。

「ダメだ、我慢できない……もっと、お前を感じたい……っ」

「え――ん、んぅっ!?」

驚いて目を開けたら、アレクシスの顔が見えないぐらい近いことに気づく。

アレクシスは自らの手をステファニーの頭に回すと、鼻が邪魔にならないようやや斜めに顔を傾け、思いきり嚙みつくように口を合わせてくる。

急に深くなったキスに驚愕している暇はもらえず、口腔内に入ってきたアレクシスの舌にあちこちを舐められ、翻弄されてしまう。

「ん！　ふぅ！　は、ぁ……！」

あまりに激しくて、息継ぎするのがやっとだ。

アレクシスはステファニーの口の中を余すところなく暴こうとするかのように、歯列をこじ開け、歯茎、頬の裏、口蓋と、急いた様子で舐めていく。

うねうねと動き回るアレクシスの舌の動きに合わせ、自らも舌を動かすことで精一杯だった。

「甘いよ、ステフ。お前の口の中は、とても甘い……！」

「そんな、こと……わかん、ない……っ」

じゅっと舌を吸われ、ぴりりとした痛みが走るも、まったくいやな気がしない。アレクシスのことが好きだから、愛しているから、こうすることが当たり前のような気がしていた。

「アレク、好きぃ……好きぃ……！」

「俺もだよ、俺も好きだ、ステフ……！」

互いの唾液が混じり合い、もうどちらのものかわからない。

受ける側のステファニーはその唾液を飲み下しきれなくて、つうっと口の端から零れ出ていってしまう。

ぐちゅ、じゅっと、何度も何度も舌を合わせ、吸い合い、互いの口腔内を暴き合った。

「ステフ……」

アレクシスがようやく離してくれ、ふたりは慣れないキスのあとで激しく呼吸する。はあはあと荒い息をつき、熱のこもった瞳で見つめ合った。

「アレク？」

肩で息をしながら聞くと、アレクシスがステファニーの手をそっと取る。そしてその腕を引いた。

「このままベッドへ行かないか？」

「――――」

あんな激しい口づけをしておいて、ステファニーはいまさら赤くなってしまう。ベッドへ行くということは、いよいよ大人への階段を最後まで上ることになる。緊張からいささか躊躇していると、アレクシスが我に返ったかのようにそっぽを向いた。

「わ、悪いっ……そんな慣れたような誘い方をするつもりじゃなかったんだが――」

その仕草が幼い頃を思い出させ、ステファニーはひどく心が落ち着いた。くすりと笑みを漏らすと、なんで笑われたのかと思ったのか、アレクシスの顔がかっと真っ赤になる。

「い、いやならっ」

「ううん」

ステファニーは微笑み、アレクシスの手を握り返した。

「そのために初夜の準備をしてきたんだもの」

「しょ、初夜の準備……」

たじろぐアレクシスがおかしくて、ステファニーはますますくすくすと笑う。

「わ、笑うなよ！」

「ごめん、ごめんなさい！」

そうして見つめ合うと、互いに愛情がひたすら湧いて出てくることがわかった。あまりにいとおしくて、このままベッドに行くのが最善のことだと思える。それがたとえすべてへの背信行為になるとしても――ふたりを止めることはもう、誰にもできなかった。


わずかな燭台の火に照らされた室内で、ベッドの上に仰向けになったステファニーの上に、緊張気味のアレクシスが覆い被さっている。

「腕の痛みは大丈夫なの？」

「大丈夫ではないが、そんなこと気にしている余裕はない」

そんな会話を皮切りに、アレクシスは優しくステファニーの唇に口づけすると、頬に、耳に、そして首筋にと、キスを散らしていく。

「ん……っ」

くすぐったいのに気持ちよくて、ステファニーは全身を真っ赤にしながらアレクシスのキスを受け入れていた。

「上、脱がせてもいいか？」

「え、ええ」

アレクシスがレースとフリルのついた薄衣のリボンを解き、左右に開く。するとステファニーの豊満な胸が薄いシュミーズの下から主張しているのがわかった。アレクシスはそれを見て、ごくりと喉を鳴らす。

「ステフ……！」

「あっ」

アレクシスはがばりと再びステファニーに覆い被さると、露わになった鎖骨のくぼみを舐め、ゆっくりと下へ下へと舌を滑らせていった。

ぞくっと背筋に何かが這い上がり、ステファニーは震える。

「寒い？」

「いいえ、そういうわけじゃないの」

お願い、続けて……とささやくと、アレクシスがうなずいた。

アレクシスの手が、いよいよステファニーの胸にかかる。手のひらに余るぐらいの乳房をシュミーズの上から掴み、アレクシスはその柔らかさを肌で感じた。

「すごい……ステフ、お前の胸は、なんて張りと弾力があるんだ……心地いい」

「いや、恥ずかしいわ！」

いやいやするように首を振るも、感動した様子のアレクシスは何度も何度もステファニーの白くまろやかな乳房を揉んでくる。

「あ、あっ」

むずがゆいような気持ちいいような、よくわからない感覚がステファニーを支配していた。

「そんな……ダメぇ……あ、あんっ」

「ステフ、これも下ろしていいか？」

アレクシスに真面目に聞かれ、ステファニーは涙目でうなずく。

アレクシスが薄衣を脱がせ、シュミーズを引き下ろすと、間もなく白いふたつの乳房がまろび出てきた。その左右で、薄桃色の突起が小さく存在を主張している。

「きれいだ……」

感慨深いように言われたので、ステファニーは恥ずかしくて仕方がない。

「み、見ないでっ」

「無理言うな」

手で隠そうと抵抗を試みたが、力でアレクシスに敵うはずもなく、すぐにベッド脇に両腕を縫い止められてしまった。

「よく見せて？　そして味わわせてくれ」

「アレク……あっ……！」

アレクシスは五指をばらばらに動かして、ステファニーの柔らかな乳房を揉んでいく。ぐいぐいと上下左右に揺らされていると、むずむずした感覚がステファニーの身体の奥から湧き上がってきた。

親指で敏感な乳首を押されたとき、ステファニーはつい「ひゃん！」と甘く啼く。

「痛いか？」

アレクシスが気遣うも、ステファニーはぶんぶんと首を振って否定した。

「ううん、そうじゃないの。なんだか変な気分になっていくから――」

「そうか。俺もキスしているときから、そんな気分になっている」

初めてのふたりは、大人の行為も手探りだ。慣れない性交に戸惑いながらも、本能のまま、少しずつだが先へ先へと進んでいく。

「間違ってない、のかしら？」

やや不安げに問うステファニーに、アレクシスは少しだけ顔を背けてうなずいた。

「だ、大丈夫のはずだ」

「どうしてわかるの？」

ステファニーがきょとんとすると、アレクシスは真っ赤になる。

「コリンがな、いや、部下のことだが……やつが持っているその手の情報が――」

「……アレクのエッチ」

目を眇めるステファニーに、誤解だとばかりにアレクシスが慌てた。

「と、とにかく心配するな！　俺に任せておけ！」

ステファニーも性教育はそれなりに受けてはいたが、当たり前だが試したことがないので実感がない。だからここはアレクシスに任せるべきだと、こくりとうなずいた。

アレクシスは「ううん！」と咳払い（せきばらい）すると、気を取り直してステファニーの胸に手をかけ直す。

「んっ……！」

アレクシスの手は熱を持っていたけれど、今度は少しひやりとして、ぴくんと身体が跳ねた。

アレクシスは片手で左胸を揉みながら、もう片方の手で右胸を持ち上げ、顔を近づける。そしてそのまま口を開くと、濡れた舌で先端をぺろりと舐めた。

「ひ、ひぁあっ!?」

驚いたステファニーが下を向くと、なんとアレクシスがくちゅくちゅと音を立てて乳首をしごいている。敏感な乳頭は次第に硬くしこり、ぴんと上向いていった。

「ステフ、静かに」

「で、でもっ」

「角部屋で隣もいないが、さすがに衛兵に聞かれるとよくない」

「わ、わかっているけれどっ……あ、んんっ……それ、ダメ、あっ」

「すごい……ステフ、どんどん硬くなっていくよ」

「そ、んなこと、言っちゃ、いやぁ……っ」

乳輪ごと口に含まれ、口腔内で舐められているうちに、下肢がじんと甘く痺(しび)れていく。その違和感から思わず足を擦り合わせていたら、アレクシスがそれに気づいた。

「ステフ、どうした？」

「う……うん、なんだか、わからないの。あの、アソコが……あ、ううん！　足の付け根辺りが、なんかむずむずしてきて……」

「………」

アレクシスは何かに思い当たったのか、胸から離した手をさらに下へと滑らせていく。

「あ!?　アレク、な、何を……!?」

シュミーズの上から太ももを撫(な)でられ、ステファニーはぞくりと震えた。

「あっ――」

もっと刺激がほしくて、自然と足を開いてしまう。

アレクシスは自らの身体も下へ動かすと、ステファニーのシュミーズを大胆にもまくり上げた。

「やぁ……！」

羞恥のあまり顔を隠すが、アレクシスはもうステファニーの上半身を見ている余裕はないらしい。下半身に興味が移ったようで、彼はなんと片足を肩に担ぎ上げる。

「や、やめっ……そんな格好っ!?」

ばたばたと足を動かして逃れようとするも、やはり力ではアレクシスに敵わない。されるがままとなり、今度は恥ずかしさから泣きそうになって、目に涙を溜めた。

「やぁ……アレクぅ……っ」

「ステフ……すごい、甘い匂いがする」

「えっ……」

それはきっと入浴の際に花びらを浮かべたバスタブに浸かったからだとステファニーは思ったが、アレクシスはそのほかに女の匂いを嗅ぎ取っているようだった。くらくらと、ステファニーの股間に吸い寄せられていく。

「あ、待って、待って――んぅうっ!」

アレクシスの手が、足の付け根をなぞった。ぞくぞくとした甘い疼きを感じて、ステファニーは身体を震わせる。

「もう湿っている……」

アレクシスの呟きの意味がわからなくて、ステファニーは泣きそうになった。

アレクシスはしっとりとした下肢を覆うドロワーズを、ゆっくりと引き下ろしていく。

「あ、そんな……!?」

ずるりと脱がされ、ドロワーズは床に放り出されてしまう。

何も守るものがなくなった無防備な秘部が露わになり、ステファニーは恥ずかしくて消えたくなる。

「み、見ないでぇ……お願いよ、アレク……！」

「いや、よく見せてくれ」

アレクシスはステファニーの足を広げさせると、まじまじと足の間を注視した。

するとそれに呼応するように、とろりとした何かが身体の奥から溢れ出てくるのをステファニーは感じる。

「い、いやっ……なんか、出ちゃう——！」

「それでいいんだ」

「え？」

瞬間、びりりとした電流に似た刺激が身体を突き抜ける。

アレクシスが手で秘所に触れてきたからだ。

「ああああっ!!」

「もうこんなに濡らして……」

うれしそうに言われ、ステファニーは混乱していた。

「恥ずかしいことではないの？」

「まさか。俺の愛撫に感じてくれていた証拠だからな」

「感じて……ひぅっ!?」

ステファニーがぴくん、ぴくんと、魚のように身体を敏感に跳ねさせる。

アレクシスが手を花びらの間に這わせ、往復させるよう撫でていたからだ。

「ステフ……すごい、どんどん溢れてくるよ……」

「ああ、そんなこと──!」

びく、びくと感じていると、ふいに非常に感じる場所があることに気づいた。もう一度そこに触れてほしくて、意を決して口を開く。

「ああ、アレク……そこ、さっきのところ、なんか、とても──」

「もしかして、ここか?」

「ああんっ!!」

アレクシスに、秘所に隠された淫芽を目ざとく見つけられ、そこを親指と人差し指でつまれたら、腰が激しく跳ねてしまった。

「そうか、ステフはここが好きなんだな?」

「う、ん……そ、そこ、気持ちいいっ」

くい、くいっと上下左右に動かされると、頭がおかしくなりそうなほどの快感に襲われる。

「あ、あっ……ダメ、ダメ……そこ、ダメぇっ」

「とろとろ溢れてくるよ」

アレクシスの言う通り、秘口からは蜜がますます増え、じっとりとベッドのシーツにまで伝っていた。

アレクシスは片手で陰核を押し回しながら、もう片方の手を下へずらし、膣口に触れる。そしてそのまま人差し指を、ゆっくりと挿入させていった。圧迫感がステファニーを襲う。

「あっ……や！　そ、それ、何っ……!?」

「力を抜いて、ステフ。俺に身を預けて？」

「ん、んっ……でも、でも——あ、ああっ」

くちゅりと、いやらしい音が鳴った。ずちゅ、くちゅっと、蜜は増えていく一方だ。アレクシスが手を動かすたびに、何かが身体のうちから迫り上がってくる。

「んぁあ、アレクっ……ダメ、ダメよ、それ以上はぁ……！」

「うん、ほぐれてきたな」

「……え？」

「指、もう一本増やすから、力を抜いてくれ」

「も、もう一本……!?」

一本だけでも苦しかったのに果たして耐えられるのだろうかと思ったが、未知の世界に踏み出すことにいやな気はしなかった。それも相手は愛するアレクシスだ。

「わ、わかったわ」

よしと、アレクシスは指をもう一本増やした。ずずっと、媚肉を擦られる感覚がもどかしくて、もじもじと身を揺すってしまう。

「ああ、アレクっ……それ、き、気持ちいいわ……っ」

「もっと気持ちよくなるよ」

するとアレクシスは肉豆をいじっていた手を外し、なんとそこに唇を寄せてきた。

「ああっ!?」

じゅっという音とともに尖った先端を吸われ、ステファニーはわななく。

「ああ、ステフ……ここも、お前はここも甘い……っ」

興奮した様子でアレクシスはぺろぺろと秘部を舐めていた。

充血した陰芽の刺激と蜜口に挿入される指の刺激が重なり、もうどうにかなりそうだ。

「アレク、アレクぅっ……もう、もう、なんか、変なの……!」

大事な部分をいじられているうちに、不可思議な感覚が首をもたげてきていた。何か弾けてしまいそうで、怖くさえなってくる。

「そのまま、そのまま感じてくれ」

「え……っ、で、でも、なんか、いや、ひとりじゃ、怖いわ……っ」

アレクシスはそれを聞くと、いったんステファニーの秘所から口と手を離してくれた。そして下から、ステファニーの涙でぐちゃぐちゃになった顔を覗き込む。

「ふたりがいいのか？」

うっすらとうれしそうに笑って言うアレクシスの言葉の意味がやはりわからなくて、しかしわからないなりにその通りだと思って、ステファニーは何度も首肯した。

「うん、一緒がいいわ。私たちは、ふたりで一緒がいい」

「わかった」

アレクシスはうなずき、膝立ちになると下半身をくつろげ始める。

思わずステファニーはぱっと顔を手で覆うも、ついわずかな隙間から覗き見てしまう。服を脱いだアレクシスの足の間には、とても大きな陰茎が生えていた。それは赤黒く、どくどくと脈打っている様子で、腹につきそうなほど反り返っている。

ステファニーはごくりと喉を鳴らした。

「こっちのほうが怖いか？」

「……っ」

本当は怖いと思ったけれど、ステファニーは気丈にも首を横に振った。あれがふたりを結びつけるものだとわかり、受け入れようと思っていたからだ。もう引き返せないと、ステファニーは思う。

「……きて？　アレク」

バンフィールド大陸の政略結婚では、非処女で嫁ぐことなどもちろん禁忌だ。しかしそんな常識が頭の隅に追いやられてしまうほど、ステファニーはアレクシスとの交わりに意味を抱いていた。繋がってしまえばあとには戻れないけれど、最初はアレクシスでなければいけないのだ。

「もちろんだ、ステフ」

アレクシスはステファニーの足の間に身体を割り込ませると、彼女の上に再び覆い被さった。すっかり硬くなった屹立の先を、ステファニーのぬかるみにあてがう。

「痛かったら言ってくれ、すぐにやめるから」

「ええ、わかったわ」

こくっと喉を鳴らし、ステファニーはそのときを待った。

アレクシスはぐっと腰を入れ、自らの肉棒を押し込んでいく。

「あ、ああ、ああああっ!?」

火花が、目の前で弾ける。下肢が熱くてたまらない。

指とは比べものにならないぐらいの質量が、媚肉を押し開いた。

「もう少し、もう少しだ——!」

アレクシスの額から、つうっと汗が伝い落ちていく。彼はステファニーの身体を気遣いつつ、本当にゆっくりと、腰を入れていった。亀頭から竿が、徐々にステファニーの内部へと埋まっていく。

「んぁあああ!!」

灼熱の楔に貫かれ、ステファニーは大きく喘いだ。ずくずくとした痛みと、わずかな快感の狭間に陥り、もう何がなんだかわからない。

「ぜんぶ入ったよ、ステフ。これで俺たちはひとつになった」

「……ひとつに？　本当に？」

「本当だ。俺はお前のものという印だ。お前は俺のものという証でもある」

涙を浮かべるステファニーの目元を、アレクシスはそっと指先で拭った。

「ああ、アレク……！」

ステファニーがアレクシスの背中に手を回し、ぎゅっと抱き締める。

アレクシスもステファニーを抱き締め、それからまたゆっくりと動き始めた。

「ん!?　あ、ああっ」

これで終わりだと思っていたから、ステファニーは新たな刺激に驚く。

「悪い、俺もこのままじゃ苦しくてつらいんだ。少しだけ動かせてくれ」

けれどステファニーはもう聞いていなかった。アレクシスの抽挿に、頭がいっぱいいっぱいになり、ただただ喘ぐしかない。

「あ、あんっ、んぅっ、あ、はぁっ」

「ああ、ステフ、ステフっ」

ずん、ずんっと、深く突き入れては抜き、再び奥まで差し込むという行為を繰り返され、ステファニーの秘所はもう蜜でぐしょぐしょだった。シーツについた薄紅色の丸い染みは広がる一方で、とどまるところを知らない。

「ふぁっ、アレク、アレクぅっ……ああ、あんっ」

アレクシスの背中に爪を立て、苦しい圧迫感と絶妙な快感に耐える。

アレクシスのほうは腰を動かすことに精一杯で、必死になってステファニーの奥を穿(うが)ち続けていた。

「あ……ステフ、もう、いきそうだ――！」

その意味もやはりわからなかったけれど、それが限界の証なのだと悟り、ステファニーはない余裕の中、ぶんぶんと首を縦に振って応える。

「ステフ……！」

ずっく、ずっくと、アレクシスは速度を上げて出し入れを繰り返していく。蜜口からはぐちゅ、ずちゅと淫らな音が漏れ出ていた。

「ああ、アレク、アレクっ」

「ステフ――!!」

ぐっとひときわ強く奥を突いてから、アレクシスは慌てて陰茎を膣から引っ張り出す。そしてステファニーの腹にめがけて、びゅくびゅくと吐精した。

はあはあと、キスのときよりも互いに荒い息をつき、そして見つめ合う。

「アレク……すごく、よかったわ。あなたとひとつになれて――」

「俺もだ。お前のはすごく具合がいい。お前の身体も心も、これでもう俺のものだ」

「アレク――！」

アレクシスのものになれたこと、初めてをアレクシスに捧げられたことがうれしくて、ステファニーは三度涙を流した。

そんな泣いてばかりのステファニーに苦笑を返し、アレクシスは優しいキスを落とす。唇にそっと押し当てるだけの、永遠の誓いのような口づけだ。

「ん……」

目を開けると、アレクシスのうれしそうな顔がそこにあった。

ステファニーは幸せすぎて、泣きながら微笑む。

「アレク、好きよ。愛しているわ」

「俺もだよ、ステフ。お前しかいない。お前が好きだ。一生、愛することを誓う」

「アレク……」

一生と言われ、ステファニーの中でわずかな動揺が生まれた。このあとには政略結婚が待っていることを思い出してしまったからだ。でもいまだけはアレクシスとの行為の余韻に水を差したくなかったので、あえて口にすることは避けた。そして代わりに、次のようにささやいたのだった。

「私もよ、アレク。だから永遠の愛を誓うわ」

それは子供の頃と同じ台詞で、紛れもない事実だったからだ。

＊　＊　＊

一方、カスタニエ王国の王城では、第一王子のエドワール・ランジェレがイライラしていた。私室を行ったり来たり、落ち着かない様子だ。金髪・碧眼(へきがん)の王子は、決して端整とは言えない顔に、実に皮肉な色を浮かべている。

「結婚を延ばす……だと？　本当にそんなことを言ってきたのか？　大陸では弱小のドリスコル王国のくせに!?」

エドワールがそう言うのも無理はない。基本的に中立的なドリスコル王国はその存続のために、毎回王族同士の政略結婚をもって各国との和平を保っているのだった。

「はい。なんでもステファニー王女の幼馴染みが彼女のために大ケガをしたとかで、その看病の時間に猶予がほしいのだそうですよ、坊ちゃん」

「その〝坊ちゃん〟はやめろと何度も言っているだろう!?」

老齢の執事、セバスチャンに食ってかかり、歯ぎしりをする。

「幼馴染みの看病……？　たかがそんなことのために、この僕との結婚を延期するだと？　そんなこと、医者か看護師にでも任せておけばよかろうに！」

「なんでもドリスコル王国の騎士団の副団長だとか。顔も体格も性格も技量も一級品らしいです。完璧すぎるがゆえに、離れがたい絆があるのでしょうな」

セバスチャンが納得するようにうなずくも、それはエドワールの怒りをあおっただけであった。

「〝な〟じゃない！　お前はいったいどっちの味方なんだ!?」

「それはもちろん坊ちゃ——いえ、王子の味方でございます。このセバスチャン、あなたがお小さい頃からお世話してまいりましたからな」

「……なら、調べておけ」

窓の外を見ながら、エドワールが不穏な台詞を口にする。

セバスチャンがきょとんとした。

「はい？　何をです？」

「何を、じゃない！　わかりきったことだろう!?　その騎士とやらの素性をすべて調べて、洗いざらい僕に知らせるようにするんだ！」

「……ちっ」

「おい、いま舌打ちしたか？」

エドワールが振り返るも、セバスチャンは姿勢よく立ったままだ。

「まさか！」

セバスチャンは首を横に振る。

「では密かに間者を送り込んで、くだんの騎士を調べ上げてまいります」

「頼んだぞ」

心底面倒臭そうにセバスチャンが部屋から出ていくと、ひとり残ったエドワールは唇を噛んだ。ぴりりとした痛みが、イライラに拍車をかける。

「この僕が、騎士風情に負けている、だと？　許せん、許せんぞ……！　ステファニー王女もよく調教しなければなるまいな。僕に逆らうことが、何を意味するのか――」

ふふふっと、不敵な笑みを浮かべる。そのときを想像すると、たまらなく楽しみになるエドワールなのであった。

二章　ただ愛を紡ぐ日々

翌日の昼、玉座の間で、ステファニーは父王であるクリフトンと向かい合っていた。白髪交じりの金髪に、娘と同じ菫色の瞳を持つクリフトンは威厳があり、ステファニーは萎縮してしまう。うしろめたいことがあると特に。

「そ、それでお父さま、昨日アレクシスのケガの様子を見てきたのですが——」

「うむ」

「お医者さまの診断によると、あと二週間はぜったい安静が必要なのですって」

「そんなにか！」

クリフトンは驚きに目をみはった。

ステファニーのほうはごくりと唾を呑み込むと、上目づかいに進言する。

「一週間だけ結婚を延ばしてもらったけれど、それをなんとか二週間にしていただけないかしら？」

うーんと目を閉じて唸るクリフトンを前に、ステファニーは心の中で「お願い、お願い」

と祈り続けていた。

ややあって答えが出たのか、クリフトンは大きく溜息をつく。

「……仕方あるまいな。アレクシスは幼馴染みであるそなたを守ったのだ。名誉の負傷には、礼を尽くさねばなるまいな」

「で、では――」

ぱっと、ステファニーの顔が輝いた。

クリフトンが鷹揚(おうよう)にうなずく。

「うむ。カスタニエにはわしから、その旨を伝える使者を送っておこう」

「ありがとうございます、お父さま!!」

決定が覆る前に「それではこれで……」と、すぐさま踵を返そうとしたら、しかしクリフトンに呼び止められてしまった。

「ステファニー」

「は、はい!」

おそるおそる振り返ると、父王は意外にも柔和な笑みを刻んでいる。

「姉たちと同様に苦労をかけるな。結婚まで間もないが、アレクシスの面倒を見てやってくれ。アレクシスも喜ぶであろう」

「……はい、ありがとうございます。お父さま」

望まない結婚だと、クリフトンもわかっているのだろう。ステファニーもまた笑顔を返してそれに応えた。


玉座の間から出ると、廊下で待っていたシンシアがすぐさま駆け寄ってきた。

「姫さま、どうでございましたか⁉」

「大丈夫だったわ！」

ステファニーはそうささやくと、会話を衛兵や通行人に聞かれないよう、柱の陰へとシンシアを誘う。

「それにしてもお医者さまは一週間だとおっしゃっていたのに、本当に嘘がばれないのでしょうか……？」

シンシアは不安げに呟いた。

そう、実はアレクシスのケガは全治一ヶ月だったが、看病が必要なほどのぜったい安静期間は一週間だということだったのだ。これは本人があらかじめ持つ体力や回復力が大きいことにも起因しているらしい。

しかしステファニーはアレクシスといられる時間を少しでも多く持つため、父王のクリフトンに虚偽を述べたのだ。結果はこの通りである。でもステファニーにはわかっていた。

「うーん、本当はばれていると思うの」

「えっ!?」

その言葉に、シンシアが心底驚く。

「なのに陛下はご承諾なさったとおっしゃるのですか!?」

「ええ」

ステファニーは苦笑する。

「たぶん末娘の私のためにできる、最後の親心だったんじゃないかしら」

「そうですか……陛下もやはりステファニーさまがいなくなったらお寂しいでしょうね」

「最後の娘だものね。でもドリスコルには次期王のお兄さまもいるし、お父さまとお母さまは大丈夫だと思うの」

問題は私よと、ステファニーが真剣にシンシアを見つめた。

「二週間後にはカスタニエに行くけれど……ねえ、シンシア、あなたは私についてきてくれるでしょう?」

シンシアが驚愕に目を見開く。

「わ、わたくしもご一緒してよろしいのですか!?」

「もちろんよ。お気に入りの侍女を帯同させることに文句は言わせないわ」

「姫さま……!」

ステファニーが笑うと、シンシアは抱きついてきた。

「もちろんです！　わたくし、姫さまが心配で心配で……だからカスタニエへ行くことになっても、姫さまのお傍にいられれば、わたくしはそれで——」

「ありがとう、シンシア」

ふたりは抱き合い、異国の地へ思いを馳せる。

アレクシスと離れることは死ぬほど寂しいけれど、せめて親友のような侍女が傍にいてくれれば、カスタニエでも暮らしていけるかもしれない。ステファニーは、そう考えていた。


「それで陛下はお許しになったのか!?」

驚いたのはアレクシスも同じだった。ベッドの上でステファニーに包帯を替えてもらいながら、彼は「信じられんな……」と呟く。

だからここでもステファニーは、シンシアに話したことと同じ話をした。

するとアレクシスは、くくっと喉を鳴らして苦笑する。

「陛下にはお見通し、か。敵わんな」

「さすがに昨夜のことはばれてないけれど……」

急に上半身裸のアレクシスに包帯を巻いていることが恥ずかしくなり、ステファニーはうつむき加減でぼそぼそと言った。

アレクシスが意地悪く口角を上げる。

「ほう、昨夜か。何かあったかな？」

「えっ!?」

ぎょっとするステファニーに、じりじりとアレクシスが迫った。

「もう忘れてしまった。お前の温度も匂いも、味も」

「ア、ア、アレク！　な、何を言ってるのよ！」

包帯を取り落とし、それがころころと床を転がっていく。

あわあわと慌てるステファニーの腕を取り、アレクシスは顔を寄せてきた。

「ま、待って、アレク！　いま、ひ、昼間!!」

ステファニーが看病に来られる時間、騎士団員はだいたい訓練で寮にはいない。だから昼間からここで何をしていようと誰にもばれはしないのだが、さすがに明るいうちからというのには抵抗があった。けれどアレクシスはそうではないらしい。

「わかっている」

懸命に離れようとするステファニーを、アレクシスは強い力で捕まえる。

「だが、騎士団の訓練にも行けず、出歩くことも禁じられているから、俺は暇なんだ」

「ひ、暇って！　愛を交わす行為を暇潰しになんてしないでほしいわ！」

「ほう、愛を交わす気だったのか？」

アレクシスのからかいに、ステファニーはもうついていけない。ぼっと顔を赤くして、ここから逃げ出そうと試みた。

しかしアレクシスによって、背後から抱きすくめられてしまう。

「やっ……アレク！　ダ、ダメ!!」

「ダメじゃない。お前に介抱されているうちに、元気になってしまった」

「もう！　どこを元気にしているのよ！」

ステファニーはきゃーっと隠れたくなったが、アレクシスがうしろからドレス越しに胸を揉んできた。

「あ!?　あ、あんっ」

「そんな悦い声で啼くな」

アレクシスが今度はステファニーの耳を食む。

ステファニーはぞくぞくして、必死に快感を押し殺そうと試みていた。

「ア、アレクっ……やぁ……っ」

舌先を丸め、耳朶をつうっと舐め上げられていく。

その間にもアレクシスの手は、乳房をまさぐるように揉んだり押し潰したり、揺すったりを繰り返した。

「ひぅ……アレク……う、腕っ」

「腕？」

「痛く、ないの？」

「そんな余裕はないと昨晩言ったはずだ」

「覚えているじゃない！」

むうっとして赤い顔で振り向いたら、ここぞとばかりに唇を寄せられキスされる。

「んぅっ!?」

「ステフ……好きだ……」

「ふぅっ、ア、アレっ」

自然と口を開くと、そこからアレクシスの舌が滑り込んできた。

必死に息継ぎをするステファニーの舌を、アレクシスは目ざとく見つけ、じゅっと音を立てて吸う。

「ん……ふ、はぁ……あ……っ」

気づけばステファニーもアレクシスの口づけに必死に応え、ふたりしてむさぼり合うように舌を絡ませ合っていた。

くちゅ、ちゅっという淫らな音が、太陽の射し込む明るい部屋を淫靡に染める。

「ステフ……もっとこっちにおいで？」

「う、うん」

ケガをしているアレクシスを気遣いながら、ステファニーも完全にベッドに上がった。

「ドレス、脱がすと着るのが大変だよな？」

「う、うん、シンシアがいればいいんだけど……」

「俺はふたりのほうがいいんだが」

「わ、わかっているわよ！　そういう意味じゃなくて！」

頬を朱に染め、ステファニーはドレスの前のリボンを解いて少しだけ緩める。

するとアレクシスが鎖骨にキスをしつつ、ドレスの前を引き下ろして胸を露出させた。

「あ……っ」

ステファニーはアレクシスの頭を抱え、抱くように乳房に押さえつける。

アレクシスはすでに勃ち上がっていた先端を吸い、もう片方を手で揉んでいった。

「んんっ……アレク、アレクぅ……あ、あ……」

「昨日より柔らかいのに、乳首はどんどん硬くなっていくな」

アレクシスの熱い息がかかり、くちゅくちゅと吸われるごとに下肢が甘く痺れる。

「熱い……アレク、あの、熱いの……」

「どこが？」

「足、足の、間――」

「俺もだ」

遠慮がちに言ったら、なんとアレクシスにも同意されてしまう。

ステファニーが驚いてアレクシスの下肢に目を走らせると、布団の上からもわかるほど、そこはこんもりと盛り上がっていた。

「お前と繋がりたくて仕方がないようだな」

くくっと苦笑するアレクシスの膨らみに、ステファニーはそっと手を伸ばす。布団をめくり上げ、トラウザーズの上から思いきって触ってみた。

「うっ……」

アレクシスが呻いたので、ステファニーは慌てて手を離す。

しかしすぐに手を掴んで戻され、「やめないでくれ」と懇願された。

「で、でも――」

「すごく気持ちいい」

「ほ、本当に？」

「ああ、続けてほしい」

「わ、わかったわ」

硬い盛り上がりをすりすりと手で擦る。するとぴくりと動いて、それはますます大きくなった。

「わ、わぁ……」

感嘆したステファニーは調子に乗り、摑んだり揉んだりしてみる。

アレクシスは顔をしかめ、快感をこらえているようだった。

「ステフ、じかに、じかに触ってくれ」

「は、はい！」

トラウザーズを脱ぐのを手伝うと、間もなくアレクシスの足の間から硬く太い陰茎が飛び出す。ゆっくりと竿に手をかけると、ぴくり、ぴくりと脈打っていることが感じられた。そしてたまらなく温かい。これが自分の中に入っていたかと思うと、恥ずかしくなるとともに感慨深くなった。

ステファニーは拙い(つたな)ながらも、竿を上下に擦りつつ、反対の手で亀頭に触れる。

すると鈴口から透明な液が溢れ出し、ステファニーの手を濡らした。

「こ、これ……」

「先走りの液だ。お前の中に入りたくて仕方ないという意味でもある」

「っ!?」

かああっと、ステファニーは顔を赤く染める。けれどアレクシスが感じてくれていることがうれしくて、透明な液を手に塗り込めると、滑りをよくして竿をさらに擦っていった。

「あ……」

アレクシスは声を抑えているようだ。つらそうに眉を寄せている。

「ス、ステフ……舐めてくれないか？」

「こ、これを？」

わずかにためらうも、アレクシスがうなずいたので、ステファニーはごくりと息を呑んだ。

「や、やってみるわ」

そう言うと、意を決して口を亀頭に近づけ、先をちろりと舐めてみる。

瞬間、ぴくんとアレクシスの身体が跳ねた。

「うん、ステフ。いい感じだ」

「本当に？　じゃあ、もっと……！」

がぜんやる気が湧いたステファニーは、亀頭を口に含み、ちゅくちゅくと音を立てて吸ったり舐めたりする。竿は上下に擦り続け、余すところなく刺激していった。

「くっ……すごい、いい……」

「んぅ、ふぅ」

キスと同様に息継ぎが大変だったが、酸味のある味も口いっぱいの質量も温もりも、すべてがいとおしくて、夢中になって口淫を続ける。

すっかり硬くなった竿にも舌を這わせ、下から上に向かってつうっと舐め上げていった。

どくり、どくりと肉棒は脈打ち、ステファニーの愛撫に応えているようだ。

「ああ、ステフ……！」

アレクシスはがんばるステファニーの頭を優しく撫で続けていた。

しばらく陰茎をもてあそんでいたら、今度はその下についている陰嚢が気になってくる。口で刺激を続けながら、ステファニーは好奇心から男の袋に手を伸ばした。

「ス、ステフっ」

急に玉をぎゅっと握られ、アレクシスが驚く。けれどいやな気はしないようで、叱ることはなく、むしろ試してほしいと言ってきた。

だからステファニーは、剛直を手で擦りながら、陰嚢を口腔内に含んでみる。ふにふにとした感触と汗の味が口いっぱいに広がった。

「むぅ……んぅ……」

両方刺激することは思いのほか大変だったけれど、アレクシスが悦ぶならと、ステファニーは続ける。

しかしある段階になって、急にアレクシスによって引き剝がされた。

「えっ、私、なんかダメだった……？」

不安になって聞くと、アレクシスは赤い顔で首を横に振る。

「違う、いきそうになったんだ」

きょとんとしながら、ステファニーはややあってその意味に思い至った。

「そ、それはいいことなのでは……？」

「いいことだが、どうせならお前と繋がっていきたい」

「――っ!?」

あからさまに言われ、ぼっと頬を朱に染める。そして意を決して自らのドレスをめくり上げ、恥ずかしそうに懇願した。

「わ、私も……あなたと繋がりたくて、あなたのを口でしていたら、こんなになってしまったの……」

アレクシスがにやにやしながら、「どれ」とドロワーズを下ろす。そして彼が手を伸ばすと、ステファニーの股間はすでにびしょびしょに潤っていたのであった。アレクシスが手を離すと、つうっと愛液の糸がついてくる。

「こんなにして、はしたないやつだ」

「い、言わないで！」

かあっと全身を真っ赤にさせて逃げようとするも、アレクシスによって太ももを摑まれてしまう。

「あっ……！」

そのまま引き倒され、気づけばアレクシスの上に跨(また)がるように覆い被さっていた。

アレクシスがにやりと笑う。

「このまま、おいで？」

「う、上から……？」

わずかに躊躇するステファニーに、アレクシスはうなずいた。

ステファニーはこくりと息を呑み、ゆっくりと腰を落としていく。勃起したアレクシスの男根の先端に自分の蜜口を合わせ、そのまま座るようにした。ずずっと、徐々に媚肉が剛直を咥え込む。

「あ、ああっ、や……き、気持ちいい……！」

「くっ――お、俺もだ……！」

アレクシスがステファニーの腰を両手で支え、ともすれば倒れてしまいそうな彼女を助けていた。

「ああ、ああっ!!」

アレクシスも下から腰を突き上げ、間もなくずんっとすべてがステファニーの中に収まる。

蜜口は満足げにひくひくと動いていた。

「はあ、はあ……っ」

奇妙な脱力感からアレクシスのほうを見ると、彼は情欲のこもった瞳でこちらを見つめ返す。

「動けるか？」

「え、ええっ……やって、みるわ」

ぎこちないながら、ステファニーはそっと上下に動いてみた。

ずっ、ぐちゅっと、そのたびに淫らな音が鳴る。

体力的には厳しい体勢だったが、この上ない快楽に酔ってしまいそうだ。

「あん、ぁあっ、は、んんぅっ、ああっ」

アレクシスもまたステファニーだけに任せるのではなく、下から上へ、彼女のリズムに合わせて律動を繰り返していく。

「んぅっ、はぁ、あんっ、あ、ああんっ」

ぐっちゅ、ずっちゅと、粘ついた水音が止まらない。

互いにはあはあと肩で息をしながらも、懸命に快感をむさぼっていた。

「ああ、ステフ、ステフっ」

「うん、あ、アレク、アレクぅっ、あ、あんっ」

アレクシスは上下に揺れるステファニーの乳房を揉み、彼女がやや前傾姿勢になったところでその唇を奪う。

「ふぅっ、ん、んぅうっ、む、ううっ」

口づけしながらの交合は、なんとも甘美な愉悦をもたらした。

ステファニーもアレクシスも、相手がいとおしくていとおしくて、やがて愛の高みへと駆

け上っていく。

「ああ……ステフ、もういきそうだ――！」

「うん、うんっ」

余裕がないステファニーは、こくこくとうなずくことしかできなかった。

アレクシスは言うや否や抽挿を速め、下からがつがつとステファニーの最奥を穿っていく。

ややあってステファニーはふわふわとした不可思議な感覚を抱くも、その前にアレクシスは彼女の中から自分を抜き出した。

「ステフっ、口でできるか!?」

「えっ、ええ」

ステファニーが言われた通り身体をずらして熱を持って膨らんだ杭を口にすると、間もなくアレクシスが天に向けて発射した。

ステファニーの口腔内に白濁がぶちまけられる。

「ふぁっ!?」

驚きはしたが、いやな気はしなかった。

「悪い、ステフ。お前が悦すぎたんだ」

アレクシスが急いで掛布を使って口元を拭おうとしてくれたが、ステファニーは好奇心からすべて吐き出さず、口内に残る精液をこくりと嚥下してみる。

「ん……苦い」

「そりゃそうだろう」

くくっと、心底面白そうにアレクシスが笑った。そして指先でステファニーの唇に残った白い液体を拭いてくれたのだった。


アレクシスと一緒にいられるのはあと十日あまり、ステファニーは幸せの絶頂にいたが、引っ越しのための荷造りと部屋の整理を続けなければならなかった。アレクシスと毎日愛を交わしているぶん、他国へ引っ越しなんてまるで気が乗らなかったから、作業が苦で仕方ない。溜息ばかりが漏れ出ていく。

そんな己の侍女であるシンシアにも心配ごとがあるらしい。はたきで本棚の掃除をしながら、溜息交じりにステファニーに声をかけてくる。

「姫さま……」

「何？」

振り向いたら、浮かない顔のシンシアと目が合った。

「ど、どうしたの？　そんなに深刻そうな顔して……」

ステファニーはシンシアの元へ行く。

シンシアと向かい合うと、彼女は実に言いにくそうな台詞を口にした。

「あ、あの、毎日アレクシスさまの元にお通いのようですが、その――」

「そ、そうだけど……何かまずいことでも起きたの？」

不安げに口を挟むと、シンシアは慌てて言葉を継ぐ。

「いいえ！　ただ、わたくしとても心配していることがあるのです」

「な、何？」

はらはらとして聞くステファニーに、シンシアは少し顔を赤らめて言った。

「その、あの、アレクシスさまとは……ちゃんと、大丈夫なんですよね？」

「ええ？　大丈夫、だけど――」

ふたりの時間はこの上なく幸せだし、誰にもばれていない。シンシアは心配性だと思っているると、シンシアは「そういう意味ではございません」と首を横に振る。そしてステファニーの耳にそっと口を寄せてささやいた。

「アレクシスさまは、きちんと、ひっ……避妊されておられるのですか？」

「っ!?」

ステファニーは、ぼっと顔を赤らめる。

「な、な、なんてこと聞くの！　シンシア！」

やあねえと荷造りに戻ろうとするも、シンシアは大真面目だった。

「どうかきちんとお聞きください、ステファニーさま」

「…………」

返答に詰まっていると、シンシアが先を続ける。

「もしアレクシスさまとの間にお子を授かってしまったら、大変なことになります。カスタニエを追い出されるだけでなく、ドリスコルにもいられなくなるかもしれないんですよ」

「……わかっているわ」

「わかっておりません！」

シンシアは悲痛な顔で訴えた。

「わたくしは姫さまの幸せをいちばんに願っております。姫さまはカスタニエのエドワール王子とご結婚されるのです。アレクシスさまとの関係はどうか……！」

シンシアの目が潤んでいたので、ステファニーは浮かれていた自分が恥ずかしくなる。結婚後のことなんて、エドワールのことなんて、考えようともしていなかった。

「シンシア、余計な心配させてごめんなさい」

ステファニーはシンシアの震える手を握り、安心させるように目を細める。

「アレクシスとはちゃんと、結婚までには別れられるようにするつもりよ。それはアレクシスだって同じことだもの。私たちはただ、それまでの逢瀬を楽しんでいるだけで、それ以上でもそれ以下でもないわ」

「姫さま……」

「それに、たとえ私がどんなに懇願したとしても、アレクシスは私の中に子種を残そうとはしないわ。それは彼もわかっているからだと思うの」

そう、アレクシスはぜったいに避妊——膣外射精する。それ以外に避妊方法がないからだが、そのたびにステファニーは気持ちが重くなるのであった。

シンシアは申し訳なさそうにうつむいた。

「……そう、ですか……アレクシスさまはきっと……」

「いいの」

「姫さま？」

顔を上げたシンシアは、泣きそうな表情のステファニーと目が合う。

「いいの、シンシア。それ以上は言わないで……」

悲しくなるわと、ステファニーはささやいた。

その通り、ステファニーはとっくにわかっている。アレクシスは確かにステファニーを愛しているが、決して避妊をやめようとはしない。毎日のように交わっているものの、一度たりともそれに失敗したことはなかった。

「アレクシスは……私がエドワール王子の妻になることを承知しているのだわ。だから私たちは、それまでの関係にすぎないのよ」

「……それで、間違っていないのです。姫さま」

シンシアも泣きそうに、そう言葉を紡ぐ。

「アレクシスさまは正しいです。だから、どうか、どうか――」

諦めろという単語を、シンシアはついに出さなかった。

けれどステファニーにはわかっている。シンシアは味方だからこそ、自分の幸せをいちばんに考えているのだ。エドワール王子がどういう人間かは知らないが、彼に幸せにしてもらうことが最良だと願っているのだ。

だからステファニーは、無理やり笑ってみせて次のように言った。

「シンシア、ありがとう。私は自分の幸せを、それが意に沿わなくとも、ちゃんと見つけられるようにするから」

するとシンシアは心から安堵したようにうなずいてくれる。

「よかったです！　では、荷造りと部屋の整理を続けましょう！」

さっそくシンシアはまたせっせと働き始め、ステファニーもそれに続いたが、彼女の心はここにあらずだった。

でもはたと気づいて、己の侍女に問いかける。

「それにしてもシンシア、その年でなんでそこまで詳しいの？」

「えっ⁉」

シンシアはぎょっとしたあと、かああっと頬を染めた。

「それはコリンが——い、いいえ！　なんでもございません！　わたくしは姫さま付きの侍女として、それなりの知識と教養を……！」

「ふうん？」

よくはわからなかったが、とりあえずシンシアはステファニーよりもずっと耳年増なのかもしれない。

＊　＊　＊

夕方、アレクシスは暇を持て余していた。そろそろ騎士団の訓練が終わる頃だなと思っていると、さっそく鍵を開けたままのドアが外側から開かれる。

「副団長！　腕の調子はどうっすか？」

「アレクシス、大丈夫か？」

ずかずかとコリンとセオドアが入ってきた。

ここは騎士団の寮、アレクシスの私室なので、基本的に団員は各部屋を行き来するし、そこに遠慮はない。しかしステファニーが来るときは、団員も王女がわざわざ副団長の看護のために結婚を延ばしたことは知っているので、さすがに遠慮してくれていた。

けれどステファニーではなく、野郎が来るとやはり気は沈む。はあっと大きな溜息をついたら、逆に心配されてしまった。

「副団長、腕がやっぱり痛むんすか!?」

「やはり王女さまの看病じゃあダメなんじゃないか？」

所詮は素人(しろうと)だろうと、セオドアがもっともらしく言う。

コリンもそれに同意のようで、うんうんとうなずいてみせた。

「そりゃオレだってステファニー王女に看病されるならケガのひとつやふたつ、こしらえてもいいっすが、やっぱり傷の治りに関わってくるんじゃないっすかね？」

「ああ、だってその腕、よくなった気配を感じないぜ？」

「……そんなことはない」

毎日少なからず腕に負担がかかることをしているとはさすがに言えるわけがなく、アレクシスはこれ以上は沈黙を守ることに決める。

しかしコリンとセオドアの追及は止まらなかった。

「以前の副団長なら、そんなケガがあっても訓練場には顔を見せていたっす！」

「その通りだ。ここのところ、まったく貴様らしくないぞ」

「…………」

口をつぐんだままのアレクシスに、セオドアは大仰に嘆息してみせる。

「言いたくはないが、貴様まさか――」

「違う！」

何を言われるのかわかって、アレクシスは即答して叫んだ。

しかしセオドアはその先を続けてしまう。

「王女さまはご厚意でお前の世話を買って出たにすぎない。それはお前が彼女を庇ったからだ。そこに特別な感情を抱くことは、決して許されることではないぞ」

「……そんなこと、わかっています」

アレクシスが静かに呟いた。

確かに気持ちは通じ合っているが、ステファニーはもうすぐカスタニエの王子の元へ嫁ぐ身なのだ。だから気遣って避妊もしているし、肌に余計な痕はつけないよう気をつけている。自分たちはそれまでの、期間限定の恋人同士にすぎないのだから。

「いや。わかっていないだろう、貴様は」

セオドアは弟を叱るような目で、ベッドの上のアレクシスを見下ろしてきた。

コリンはひとり、はらはらと団長と副団長を交互に見ている。

「よく聞け、アレクシス。貴様の想いは、心に秘めたままにしておけ。ふたりきりになると魔が差すことがあるかもしれないが、そのときこそ貴様の強靭な精神力の出番だ。王女さまを困らせるな、惑わせるな。ステファニー王女はカスタニエの王子のものなんだ。それは国の威信にも関わってくる上に、俺たち騎士団も他人事ではない」

「…………」

アレクシスが眉間にしわを刻むと、セオドアは大きくうなずいた。

「そうだ。もしカスタニエと戦争になってみろ。駆り出されるのは、俺たち聖ガードナー騎士団だ」

「…………」

想像はつくが、それは考えないようにしていたことだ。仲間を自分の過ちに巻き込みたくはない。

「それに貴様は確実に死罪となるだろう」

セオドアの言葉は、アレクシスの心を深くえぐった。

「……すみません。わかっています」

アレクシスが小さく謝ると、セオドアもコリンもようやく安心してくれたようだ。互いにほっと胸を撫で下ろしていた。

「わかってくれたらいい。貴様は早く騎士団に復帰することだ。そうすれば、王女さまのことなんか忘れられるさ」

「そうっすよ！　オレ、副団長が庇ってくれないと団長に毎日怒られてばかりなんで、早く戻ってきてほしいっす！」

「ふふ、そうだろうな」

かわいい部下のコリンに向けて、アレクシスは笑う。

するとコリンは、ぱっと顔を輝かせた。

「副団長が笑ったっす！　もう大丈夫っすよ、団長！」

「そうだな。じゃあ、そろそろ夕食だから失礼するか」

はいっす！　と言うコリンとともに、セオドアは出ていく。

部屋にひとり残され、アレクシスは考え込んでいた。

アレクシスは聖ガードナー騎士団副団長としての立場があり、本来ならば他国へ嫁ぐステファニーと愛を語らっている場合ではない。ステファニーとは決して結ばれないのだから――。

「……結婚、か」

子供の頃、まだ幼かったステファニーに愛と忠誠を誓ったことを、アレクシスは懐かしく思い出すのだった。

＊＊＊

政略結婚まであと少しに迫った頃、ステファニーはこの日の昼間も甲斐甲斐しくアレクシスの世話をしていた。けれどアレクシスが突然、なんでもないようにベッドから起き、立ち上がったので驚く。普段から体力維持のための筋力トレーニングなどはしていたようだが、

「ステフ、いつもすまない。だが、そろそろ身体を動かさないとなまってしまいそうだ」

ステファニーが看護する際はいつもおとなしくしてくれていたのだ。

「動かしているじゃない」

「そ、そういう意味ではない！」

きょとんとするステファニーに、アレクシスは顔を赤くして答えた。

「なあ、久しぶりにふたりで散歩しないか？」

「散歩？」

「ああ、あの中庭に行きたいんだ」

あの中庭が幼い頃にふたりでよく遊んだ場所を指すということに、ステファニーはすぐに

気づく。

「アレク……」

カスタニエへ嫁ぐ日はもう間もない。おそらくアレクシスは思い出作りがしたいのだろう。思わず双眸が潤みかけたが、ステファニーは必死にこらえた。

「ええ、行きましょう」

無理やり笑顔を作り、ステファニーはさっそく散歩の計画を始める。部屋にこもっているのもそれはそれで魅力があったが、やはりふたりで出かけられるのはうれしい。いつもは騎士団の訓練に明け暮れているアレクシスだから、こうやって一緒に余暇のようにすごせるのは、これが最初で最後になるだろう。

「せっかくだから、お弁当を持っていきましょう？　シンシアにお茶の準備をしてもらうわ！」

「それはいいね」

アレクシスが微笑む。

「でも本当に大丈夫？　腕が痛むでしょう？」

「いまさら」

くくっとアレクシスが口角を上げ、ステファニーの顎に手をかけた。

間近にアレクシスの顔が迫り、ステファニーはかあっと頬を朱に染める。何度も唇を合わせているのに、いつだってアレクシスは自分をドキドキさせるのだ。

「それとも外ではこういうことができないのが不満なのか？」

「ま、まさか！」

ぶんぶんと首を横に振ると、アレクシスはさらに笑った。

これ以上からかわれないよう、ステファニーは必死でアレクシスから逃れる。

「じゃ、じゃあ、準備をしてくるから少し待っていてね！」

「ああ、ありがとう」

ステファニーは身体の熱を冷ましながら、シンシアを呼んで準備をしてもらうため、急いでアレクシスの部屋を出ていった。


城の台所からいっこうに去ろうとしないステファニーの提案に、シンシアは驚いた。

「え、姫さまも何かお作りになりたいんですか？」

信じられないとばかりに目を丸くするシンシアに、「失礼ね」とステファニーが睨む。

シンシアは慌てて恐縮した。

「す、すみません、ただ……姫さまはお料理など一度もなさったことがないので――」

「わかっているわ」

ステファニーはうつむき加減にうなずく。

「でも、これがきっと最後になるから、アレクにもっと何かしてあげたいの」

最後という言葉を使ったら、とても寂しく、そして虚しくなった。もしかしたら、だからアレクシスはあえて最後と言わなかったのかもしれない。

「姫さま……！」

感動したらしいシンシアは、気合いを入れて腕まくりした。

「承知いたしました！　ちょうど調理の方にお昼を用意してもらっていたところなので、それをお弁当用に仕立て直しますね。お茶の時間のためにクッキーの生地を寝かせておいたので、姫さまはそれを型抜きして焼いてください！」

「まあ！　焼き菓子なら簡単よね！」

ぱあっと顔を輝かせるも、「か、簡単というわけでは……」とシンシアが言葉を濁す。しかしステファニーはもうやる気満々だ。ドレスにエプロンを身につけ、手を洗って準備万端にした。

「ではわたくしがお弁当を用意しながらお教えしますので、その通りにやってみてください」

「はい！」

元気よく返事をして、さっそくクッキー作りを始めるステファニーだった。

外出準備が整ったところで、ステファニーはアレクシスを連れ出して中庭に出た。初秋のいま、ヒマワリやコスモス、ヒャクニチソウ、トレニア、そしてサルビアやマリーゴールドなど、庭師によって整えられたさまざまな花々が咲き乱れている。

空は抜けるような青で、風もさわやかで気持ちいい。絶好の散歩日和だった。

「ここは変わらず美しいな」

並んで歩きながら、ぽつりとアレクシスが零した。

ステファニーはしんみりしないよう、無理に笑顔を作って答える。

「そうよ。アレクは騎士団のお役目でぜんぜん来られなかったかもしれないけれど、私はたまに来ては、季節の移ろいをここで感じていたの」

「そうか。俺はなかなか忙しかったからな」

アレクシスが並んで歩くステファニーの手を、そっと握った。

ステファニーは一応周囲を気にするも、幸い誰もいない。

ここは王宮の中庭なので、基本的には王族しか立ち入れないからだ。フィルポット伯爵家はサムウェル王家への貢献度が高く、アレクシスとは仲のよい幼馴染みでもあったので、ここで遊ぶことが特別に許されていた。

「あの東屋も顕在だな」

アレクシスが指さしたのは、王族や貴族の住まいにはどこにでもあるような、屋根のある六角形の東屋だ。中にはベンチとテーブルが据えてあり、ここで食事や午後の茶を楽しむことができるようになっている。

「うん。手入れされているから、いまも変わらずきれいな場所よ」

ステファニーは手を繋いでいないほうの手で持っていたランチボックスを掲げてみせた。

「さっそくあそこで少し遅いお昼にしない？」

「ああ、さすがに腹が減ってきたよ」

「お待たせしてごめんね！」

「それは気にするな。待っている時間も楽しかったから」

ふたりは笑い合い、東屋へ向かう。

そしてテーブルを挟み、向かい合って席についた。

「えへへ、実はアレクに大発表があります！」

ランチボックスから銀食器を取り出し、そこにサンドイッチやパイのフルーツ包み、スパイシーに味つけした七面鳥肉などを並べていく。

「大発表？」

豪勢な料理の数々に喉を鳴らしながら、アレクシスが不思議そうに聞いてきた。

ステファニーは最後の最後までランチボックスに残していた手作りクッキーを「じゃじゃーん！」といよいよ出す。

しかしアレクシスはそれを見て、きょとんとした。

「木炭なんて必要か？」

「えっ!?」

まさかがんばりにがんばったクッキーを〝木炭〟と言われるとは思ってもみなかったので、ステファニーが愕然とする。よく見てほしい。ひとつひとつ、アレクシスの顔であったり剣や盾の形になっているはずだ。

「ちょっ……アレク、よく見て、よく見て！　これ、私が作ったのよ！　私が！」

「作った？　わざわざ木炭をか？　ああ、ここで絵でも描くわけだな？」

たまには絵も悪くないなあと、のんびりとアレクシスが続ける。

「…………」

なんの悪気もなさげなアレクシスを前に、ステファニーはわなわなと震えた。

「ア、アレク……これは、クッキーよ」

「えっ、クッキー!?」

普段は動じないアレクシスも、さすがにぎょっとする。そして客観的には〝木炭〟にしか見えないクッキーをまじまじと見つめた。

「……そ、そう言われてみれば、クッキーのような気がしなくもないな」

「し、しなくもない……」

泣きそうになりながら、ステファニーは〝木炭〟らしい渾身（こんしん）のクッキーに目を向ける。よくよく見れば、いや見なくとも、それは真っ黒い塊で、さまざまな形に抜かれているものの、せいぜい木炭かその消し炭にしか見えない。

そう言えばシンシアに「持っていかれないほうがよろしいのでは……」と何度も念を押されていたことを思い出した。あれは失敗作だとわかっての忠告だったのだ。

瞬間、うるっと菫色の双眸が濡れていく。

「……私、アレクを喜ばせたくて、なんかしたくて、それで作ったこともないお菓子に挑戦したの……」

ぽろりと、涙が一筋頬を伝った。

「なのに、こんなものしかできなくって……せっかく〝最後〟の思い出作りにしようと思ったのに……ご、ごめんなさい……」

アレクシスとの素敵な思い出がほしくて弁当や菓子を一生懸命用意したが、これでは逆効果だ。作らなかったほうがまだましだったかもしれない。

顔を覆ってしくしくと泣き出したら、ふいにふわりと身体が温かく包み込まれる。

ステファニーが手を下ろすと、いつの間にかアレクシスがテーブルを回ってこちらにやってきており、彼女を抱き締めていたのだった。

「ステフ、ごめん。悪かった」

「ううん、ううん」

ステファニーはぶんぶんと首を横に振る。

「私がいけないの。アレクのためにもっとできることがあったはずなのに、慣れないことをしたから……！」

「ステフ、顔を上げて」

「……いや」

恥ずかしくて、とてもではないが顔なんか見せられない。

「いいから、さあ」

「…………」

けれどアレクシスに促され、仕方なくステファニーは顔を上げた。

すると安心させるように微笑むアレクシスの姿があった。

「アレク……」

「ステフ、おいで。一緒に食べよう」

「う、うん」

食べると言ってもシンシアが用意した弁当のほうだろうと、ステファニーはアレクシスとともに同じベンチに腰かける。

気を取り直して食事を口に運んであげようとしたら、アレクシスはなんと迷うことなく木炭クッキーに手を伸ばした。

ステファニーはぎょっとして、アレクシスを止める。

「ア、アレク!?　ダメ!!」

ケガで療養中だと言うのに、腹まで壊したら大事だ。だからアレクシスから木炭クッキーを取り上げようとするも、彼はあっという間に口の中に放り込んでしまった。

そしてじゃりじゃりという不穏な音を立てて、咀嚼(そしゃく)している。

「あ、あ〜」

また泣きそうになりながらアレクシスが食べるさまを見つめていると、やがてごくんと木炭クッキーを飲み込んだ彼が笑ってくれた。

「うん!　うまいぞ、ステフ」

「そんなわけないわ!」

吐き出してとばかりに、アレクシスの胸ぐらを掴んでぐいぐいと揺さぶる。

「無理してほしくない!　もう食べないでいいから!　お世辞もいらないわ!」

しかしアレクシスのほうはそんなことおかまいなしに、再び木炭クッキーを手に取った。

そして真面目に言ってくる。

「ステフ。俺は無理もしていないし、お世辞も言っていない」

「アレク……」

ステファニーはアレクシスの思いやりに、やはり泣きそうになった。

「気持ちはうれしいけれど、そんなわけないわ。失敗作だもの……とんだ〝最後〟の思い出になってしまったわね」

「失敗作なんかじゃない」

アレクシスはもうひとつ食べてから、残りの木炭クッキーを指さす。

「これはステフの、俺への気持ちがこもった最高のクッキーだ。これ以上にうまいものがほかにあるか？」

「アレク……！」

ステファニーは横からアレクシスに抱きつき、改めて彼の優しさに感動していた。

アレクシスはステファニーを抱き締め返しながら、静かに呟く。

「それに、〝最後〟なんて言うな」

「アレク、でも」

「言うな、ステフ」

「アレク……」

「〝最後〟なんかじゃない。俺は何度だって、お前のこのクッキーを食べてみせる」

「……うん」

「だからまた作ってくれ」

「……うん」

それは互いにもう叶わない願いだったけれど、ステファニーはうなずいた。うなずくことで、これからの未来をわざと明るいものにしようとしていたのだ。

ステファニーの傍にはいつもアレクシスがいて、彼女の失敗料理を笑って食べてくれる。

そんな日々に思いを馳せていると、段々と虚しく、悲しくなってきた。

「アレク……私たち、どうして一緒にいられないのかしら」

だからつい、そんなことをぽつりと呟いてしまう。

「それは――」

さすがのアレクシスも言葉に詰まり、ふたりは互いにしばらく無言になる。

緩やかな秋の風が東屋を吹き抜け、ステファニーのストロベリーブロンドの髪をさらった。

それを押さえるように、アレクシスは目を細めて撫でやる。

「お前のこの髪に触れられるのも、もうあと少しなのか」

「……そうね」

それはステファニーも同じだった。結婚したら、もうアレクシスに髪を撫でてもらうことも抱き締めてもらうこともできない。それどころか、他国に嫁ぐのだから、二度と会うことすらできないかもしれないのだ。

「ステフの婚礼の儀式には、聖ガードナー騎士団も参列するらしい」

「そうなの？」

「ああ、セオドア——団長が言っていた」

「……じゃあ、それこそが〝最後〟になるのね」

本当は婚礼の儀式なんて、アレクシスにはいちばん目にしてほしくない。カスタニエ王国のエドワール王子がどういう人間かは知らないが、そんな知らない人間と誓いのキスをするところなど、とても見せられなかった。アレクシスがどんな気持ちになるか、同じ気持ちのいまだからよくわかる。もし反対の立場でも、きっと身を切り裂かれるような思いがするだろう。

「アレク、好きよ。あなたが好き」

「俺も好きだよ、ステフ」

アレクシスは悩ましげな視線を向け、ステファニーにそっと口づけした。

これが別れのキスではないのに、なんとも切ない気持ちがして、ステファニーは離れないようアレクシスの頭を抱く。

「ステフ……」

アレクシスが口の中でささやきながら、唇を割って自らの舌をステファニーの口腔内に侵入させてきた。

「んぅ……ふ、う……っ」

アレクシスの甘いキスに応えながらも、ステファニーは切なさを情欲で埋めようと試みる。いつもは受け身のステファニーだったけれど、積極的に舌を絡ませていった。

「ああ、ステフ……！」

ステファニーの態度に燃え上がったのか、アレクシスがむさぼるように彼女をかき抱き、荒々しく胸を揉んでいく。

「あぅっ……ん……あっ……はん……」

ドレス越しなのに、ステファニーはもうすっかり感じてしまっていた。〝最後〟という言葉にあおられたこともあるのだろう。いますぐじかに触れてほしくて、自分でドレスの前のリボンを解く。

「アレク……もっと、もっとして……」

「わかっている。俺も、もっとしたい」

誰もいない中庭とはいえ、ここは外だ。どちらにも羞恥心はあったけれど、求め合う心を止めることはステファニーにもアレクシスにも不可能だった。

アレクシスはベンチの上にステファニーを押し倒すと、ドレスの前を引き下ろし、白く丸い乳房を露わにする。そして食らいつくように、白い肌に口づけていった。

「ふぁあ……や、あ……いい、いいの……っ」

「ステフ、今日もきれいだ」

「ああ、アレク……！」

ベンチから、ストロベリーブロンドの髪がさらりと零れ落ちる。

アレクシスの朱が差した鳶色の瞳が、射貫くようにステファニーを見つめた。

「ステフ、ステフ」

思い出したように再び口づけながら、アレクシスはステファニーの胸を揉みしだく。手のひらで押し回したり、五指をばらばらに動かしたりして、その感触を楽しんでいるようだ。

そのたびにきゅんきゅんと心と下肢が同時に甘く痺れ、ステファニーは大きく啼いた。

「ああんっ……は、ううっ……んぁ……あっ」

「ステフ、静かに。誰かに聞かれたらどうする？」

注意のはずなのに、アレクシスはどこか面白がっている。

それがわかったから、ステファニーは瞳を潤ませて答えた。

「聞かれてもいい。それでいいわ。あなたと一緒なら、私は――」

「ステフ――」

アレクシスは感動したのか、彼にしては珍しく声を詰まらせる。

けれどそうできないことは、お互いがよくわかっていた。切なくて胸が張り裂けそうだ。

きつと〝最後だから〟を言い訳にしているのだろう。それでも快感には抗えない。

だからアレクシスは言葉を返す代わりに、身体をずらしてステファニーの乳房の先端をちゅっと音を立てて吸う。何も出ないのに、アレクシスは執拗に乳首をしごいた。

「ああっ……んぅっ……そこ、ダメぇ……！」

「どこがダメなんだ？　もうこんなに硬くして。いつもよりずっと早い」

「っ!?」

恥ずかしいはずなのに、それはステファニーをあおるだけだ。ずくんと、身体の奥が熱くなった。

「だ、だって……」

「外だから、燃えているんだろう？」

にやりと笑うアレクシスに、ステファニーは赤い顔で小さくうなずく。

誰か来てしまうかもしれないという中庭で、こんな淫らな行為をしているということが、たまらなく好奇心をかき立て、刺激を増していた。いままではずっとアレクシスの私室だけでの秘密の遊戯だったから余計に、新鮮な感じがしていたのだった。それに実は誰か来るという可能性は低い。なぜならシンシアが中庭の入り口で見張ってくれているからだ。

「ええ、こんな状況……初めて、だから――」

「心配するな、ステフ」

「え？」

「俺も燃えている」

アレクシスの情欲のこもった双眸に射貫かれ、ステファニーはきゅんと胸が高鳴った。もうアレクシスとの性交にはずいぶん慣れたと思っていたけれど、まだまだ新しい感覚があるのだと、改めて感慨深くなる。

「アレク……本当にあなたが好きよ」

「わかっている。俺もだからな」

言うや否や、アレクシスは身体をずらすと、ステファニーのドレスをまくり上げた。剥き出しになったドロワーズを、問答無用で引き下ろしていく。

「ひぁあっ」

急に外気が股間に流れ込み、すーすーする感覚に驚くも、一刻も早くそこに触れてほしかったから、ステファニーは素直に足を開いていた。

「いい子だな、ステフ」

「ア、アレクったら……！」

かあぁっと頬を染めるも、身体は従順だ。

アレクシスは狭いベンチの上でステファニーの両足を肩に担ぐと、太ももに手を這わせ、足の付け根に向かって滑らせていく。

それだけでぞくぞくしてしまい、ステファニーはいやいやするように首を横に振った。

「んんっ……アレクぅ……！　そこじゃなくて、もっと——」

「ステフ、もうこんなに濡らして……」

アレクシスの言う通り、ステファニーの秘密の花園は触れるまでもなく、すっかり潤ってしまっている。花びらの間が、ぬらぬらといやらしく光っていた。

「あんっ、そんなこと、言わないでぇ……！」

「ステフ、俺にお願いしてくれ」

「え？」

情欲に濡れた瞳でアレクシスを見ると、彼はにやりと口角を上げている。

アレクシスが繰り返した。

「触ってほしいと、お願いするんだ」

「えっ、そんな……」

さすがにそれは恥ずかしかったけれど、ステファニーの秘所はいますぐ触ってほしいとひくひくとうごめいている。だから気づけば、泣きながら懇願していた。

「触って？　アレクっ……お願いよ。そして舐めてほしいわ」

口にしたら消え入りたい気持ちに駆られたが、アレクシスは褒めてくれる。

「いい子だね、ステフ。お前の願いを叶えてやろう」

った。ステファニーは快感から足をがくがく震わせながら、懸命にアレクシスの愛撫を受け続ける。

「ステフの味が好きだ……」

はあはあというアレクシスの興奮した息づかいが股間にかかり、それにすら感じてしまう。

「やぁ……それは、恥ずかしいわっ……味なんて、だって、汚いもの……！」

いまさらながら恥辱から腰をくねらせて逃れようとしたけれど、アレクシスはもちろん逃がしてなどくれなかった。

「汚くなんかない」

そしてきっぱりと、アレクシスが否定する。

「ステフは何もかもきれいだ。顔も性格も、そして身体も――」

「アレク……っ」

アレクシスは再び顔をステファニーの秘部に寄せ、舌で淫らな肉芽をつついた。

「んぁあっ……あ、そこ……んぅう……いい、わ……！」

「知っている。ステフはここがお気に入りだもんな」

ぺろぺろと上下に舐めたり、ちゅうっと吸ったり、刺激が加えられていく。

「アレク――んんぅ!?」

アレクシスが唐突に割れ目に沿ってつうっと舌を走らせたので、ぴくんと腰が跳ねてしま

「んぅ！　ふっ……ああ、なんか、ふわふわ、しちゃう……っ」

執拗に陰核を攻められているうちに、なんだか変な感覚に陥ってきた。それは以前、アレクシスの上に乗って交わったときと同じ感覚だった。

「それでいい。このまま続けるから、感じていてほしい」

そう言って、アレクシスは敏感な箇所を刺激するのをやめない。するとと快感がどんどん増してきて、次第になんだか弾けてしまいそうな予感に襲われてきた。

「あああっ……アレク、ダメっ……これ以上は、なんか変っ……変に、なっちゃう！」

「なっていいんだよ。いつも俺ばかりいっていたから、今度はお前をいかせたい」

これまではケガの影響からうまくできなくてなと、アレクシスは苦笑する。

「い、いくって……」

「いいから深く考えず、俺に任せるんだ」

ステファニーにとって、女性の絶頂は未知数だ。いく感覚がわからないので、どうしたらいいかわからない。だけどアレクシスが任せろと言うのだから、その通りにしてみようと思った。

アレクシスは淫豆を舐めながら、手を滑らせ、それを蜜口に押し当てる。

「ひぅっ、そ、そこは……！」

ステファニーの言葉を無視して、アレクシスは蜜孔に指を挿入してきた。

「あああっ、ああ、やあっ、おかしくなっちゃう……!」

「おかしくなってくれ。もっと乱れろ」

「アレクっ……!」

アレクシスは指を二本挿れたところで、抽挿を始める。すでに蜜まみれだったそこは、出し入れするたびにちゅぷちゅぷと淫らな音が鳴った。

「はぅあっ……あ、ああんっ……そんなに、しちゃ……ダメ、ダメっ……!」

その間にも肉粒は刺激を加えられ、ますます硬くなり、つんと飛び出していく。

アレクシスは手を鉤状に曲げると、蜜壺に近い、奥のしこった部分を突いた。

「あああああっ、やぁっ、なんかきちゃう、きちゃうのっ!!」

「いいよ、そのままいくんだ」

アレクシスがはあはあと息継ぎしながら、激しくステファニーの秘部を攻め続ける。

ステファニーはもう限界だった。

「んんっ……も、もう――」

ひくりと喉を鳴らした瞬間、身体がびくんびくんと痙攣する。激しい快感が全身を駆け抜け、電流に貫かれたかのように手足までびくびくと震えた。脱力感と充足感という相反する感覚に襲われ、何が起きたのかわからない。

絶頂の余韻にくたりとしていると、アレクシスが満足そうに上体を起こす。

「初めていった感想はどうだ？」

「……か、感想……？」

ぼうっとしているステファニーはそれどころではなかった。けれどどんなに気持ちよかったかは伝えるべきだと思い、懸命に口を開く。

「す、すごく……よかったわ。アレク、あなた、すごいのね……？」

するとアレクシスは、くくくっと心底おかしそうに喉で笑った。

「俺はすごくない。お前の感度がいいんだよ」

「そんなことないわ……アレクだったから、私……あなただから、こんなにも感じられたのよ……」

「……ステフ」

その言葉に感動したのか、アレクシスが真面目な顔になる。そしてステファニーに問いかけた。

「もう我慢できそうにないんだが、いいか？」

「もちろん。私も、あなたと繋がりたい」

絶頂のあとで疲れてはいたけれど、まだまだ物足りないという気がしている。自分がどんなに貪欲なのか、このとき初めてステファニーは理解した。

「きて？　アレク」

「ああ。でもベンチでこの体勢はきついから、テーブルに手をついて、うしろを向けるか？」

「う、うしろを……？」

したことのない体位に緊張しながらも、ステファニーは言われた通りにする。立ったままテーブルに上半身を乗せると、アレクシスがうしろに回ってきた。それから彼はステファニーのドレスを臀部の上までめくり、足を開かせる。

「アレク、見えないから、なんだか怖いわ」

「最初だけだよ」

アレクシスはそう言うと、すっかり硬く反り返っていた自らの陰茎の先端を、ステファニーの蜜口に押し当てた。

「ひぅっ!?」

挿入の予感に驚くも、徐々に入っていく剛直の感覚に、あっという間に骨抜きにされてしまう。

「ああぁっ……き、気持ちいいっ……んぁああっ」

アレクシスの太い肉棒はステファニーの媚肉を割っていき、最奥まで入った。

「はあ、はあ、ステフっ……お前の中は、やはり最高だ……！」

「ああ、アレクっ……あなたのものも、あなたのものも、素敵よっ」

アレクシスは我慢していただけに、すぐに激しい抽挿を開始する。うしろからステファニーの尻肉を掴み、ぐっと腰を入れて、中を思いきり穿っていった。

「ああっ、んぅあっ、はんっ、ああっ、やぁっ、んんっっ」

「ステフ、ステフっ」

うしろから突かれる感覚は、見えないぶん、快感が増す気がする。まるで目隠しされているような錯覚に陥り、ステファニーは大きく、そして甘く喘ぎ続けた。

「ふぁあっ、ああっ、アレクぅっ、んんっ、気持ちい、いいっ、あ、んっ」

「俺もだ……！　やばい、うしろもすごいな……っ」

ぐっちゅ、ずっちゅと、東屋から中庭に向けて、淫らな水音が抜けていく。

しかしそんなことはもう関係ないとばかりに、ふたりは乱れ合った。

「アレクぅっ……いい、いいよぉっ、うんっ、あああっ、はぁっ」

「ステフ……っ、このままじゃ、やばいっ」

「えっ……ど、どうした、のっ」

「あまりに悦すぎて、もういきそうだ……！」

アレクシスは限界らしく、必死で絶頂をこらえているようだ。

ステファニーはそんなアレクシスがいとおしくて、自分に感じてくれることがうれしくて、

こくこくと首を縦に振った。

「いいよ、いって、いって！　私の中で――っ」

つい言ってはいけないことを口にしたが、アレクシスはすんでのところでその誘惑に勝ったらしい。間もなくずるりと自らの熱杭を引き抜き、ステファニーの尻に向けてびゅくびゅくと精を吐き出した。

ステファニーが荒い息をしながら振り返ると、アレクシスがすぐに顔を寄せ、優しく口づけてくれる。キスが終わると、ふたりは見つめ合った。

「アレク……さっきのは――」

「いいんだ、ステフ。俺は何も聞いていない」

「…………」

アレクシスはそう言って、ステファニーをうしろから抱き締めてくれる。

ステファニーはそんなアレクシスの言葉に一抹の寂しさを感じながらも、静かに彼に身を任せたのだった。

そんなふたりを見つめる視線があることに、さすがのアレクシスもこのときは気づけなかったのである。

＊
＊
＊

カスタニエ王国では、エドワールが執事セバスチャンより報告を受けていた。しかし話を聞いているうちに、次第にエドワールの眉間にはしわが寄っていく。

「そのアレクシスとやらが、僕の未来の妃に手を出した……だと？」

あまりに信じられない事実に、開いた口が塞がらない。

セバスチャンは静かに報告の書状を折りたたんだ。

「どうやら聖ガードドナー騎士団の副団長、アレクシス・フィルポットとやらは、幼い頃よりステファニー王女に好意を寄せているそうで、それは騎士団の中でも有名な話らしいですぞ」

「それで、ステファニー王女は受け入れたというのか？」

怒りを含んだエドワールの声音に若干怯みながら、セバスチャンは答える。

「あくまで間者の報告によれば、ですが」

「…………」

「なんでも看病を逆手に取り、ふたりきりで部屋にこもり続けているとか……」

「……せん」

「は？」

「許せんぞ！」

エドワールの怒りがついに爆発した。

「いますぐだ！　いますぐドリスコル王国に行く！」

「お、落ち着いてください、坊ちゃん！」

「坊ちゃんと呼ぶな!!」

ぴしゃりと言われ、セバスチャンが「ひぃ」と身をすくませる。

エドワールは険しい顔で部屋を行ったり来たりした。

「そのアレクシスという騎士とやらに思い知らせてやる！　僕がステファニー王女の夫だということを！　まずは僕の得意な剣で打ち負かせば、やつの鼻も折ってやれるし、信用も失うだろう。しかしそれだけでは……」

ぶつぶつ呟くエドワールが、やがて「そうだ！」と手を打った。

エドワールの閃き（ひらめ）きに、セバスチャンはいやな気しかしない。

「媚薬でも使って、その騎士の前で王女を犯してやろう！」

「坊ちゃ……エドワール王子、さすがにそれは品が——」

「何を言うセバスチャン！　僕の嫁が奪われたんだぞ!!」

「あくまで報告では、でございますが――」

「許せん！　徹底的に懲らしめてやる！」

「…………」

セバスチャンはエドワールに気づかれないよう溜息をつき、王子のわがままを聞くために、国王に注進しに行くのだった。

三章　ある夜の駆け落ち

「え？　今夜、エドワール王子がドリスコル王国にいらっしゃると？　こ、今夜!?」

玉座の間に呼ばれたステファニーは、父王クリフトンの言葉に驚きを隠せない。

なんでも昨夜、エドワール一行は独断でカスタニエ王国を出発したらしい。早馬がつい先ほど、その知らせを運んできたとのことだった。

「で、ですが、婚礼の儀式は明後日(あさって)のはずで、しかもそれはカスタニエ王国で行われると……」

だからステファニーは、今夜まではアレクシスと一緒にいられると思っていたのだ。カスタニエ王国への道中も聖ガードナー騎士団が一緒ならば苦にならないと。

「ああ、その予定だったのだが――」

さすがにクリフトンも動揺を隠しきれないようだ。額から流れ落ちる汗を拭いつつ、ステファニーに告げた。

「なんでもエドワール王子たっての希望で、ステファニー、お前を迎えに来たいらしい。婚礼の儀式も簡単でいいから我が国で行い、すぐに結婚したいそうだ」

「………………」

エドワールはそこまでステファニーを望んでくれているのだろうか。一度も会ったことがないのに、どうして入れ込まれたのかまったくわからない。自分の肖像画から、勝手な妄想を広げられたのかもしれないと、ステファニーは考える。どちらにせよ、いい知らせではなかったので、表情はどうしても浮かないものになってしまう。

クリフトンが気遣わしげに声をかけてきた。

「ステファニー、そなたと一緒にいられる時間は減ったが、そんなにも情熱的なエドワール王子ならばきっと幸せにしてくれるだろう。だから元気を出すのだ」

「……はい」

「シンシア」

ステファニーのうしろに控えていたシンシアが呼ばれる。

「はい、陛下」

「そういうわけだから、ステファニーの支度を整えてやってくれ。今夜は恥じない格好にさせたい」

「承知いたしました」

シンシアはうなずき、準備のために先に下がっていった。

ステファニーは一縷(いちる)の望みをかけて顔を上げた。

「お、お父さま」

「なんだ?」

「どうしても結婚しないといけないんですよね?」

「何をいまさら!」

そんな恐ろしいことなど聞きたくないとばかりに、クリフトンが拒否反応を示す。

ステファニーは慌てて言い繕った。

「す、すみません! ちょっと寂しくなっただけです。お父さまと離れるのが不安で……」

するとクリフトンは淡い菫色の目に感涙を浮かべる。

「そうか、そうか」

そしてステファニーを玉座に呼び、いとしい娘を抱き締めた。

「ステファニー、そなたがいなくなると思うとわしも寂しい。だが、ドリスコル・カスタニエ両国の平穏のために尽力しておくれ」

「……はい、お父さま」

ステファニーは父王を抱き締め返しながらも、その瞳に暗い色をたたえていた。

夜が迫ってくる。支度をすべて終えたステファニーは、私室でひとり夕暮れの窓の外を見下ろしていた。今日も騎士団は訓練に励んでおり、そこにはアレクシスの姿も見つけられた。ケガがよくなってきたアレクシスは、自ら望んで訓練に戻っていったのだ。あまりにふたりきりでいすぎると、よくない噂が立つからという彼なりの配慮もあった。

「……姫さま、とてもおきれいですよ」

シンシアが気遣わしげに声をかけてくる。

今日のステファニーは自慢のストロベリーブロンドの髪に合わせた金色を基調としたピンクの花柄のドレスで、引き締まったウエストと豊満な胸を強調させるため、コルセットで締め上げている。ペチコートを五、六枚重ね、レースとフリルをふんだんに使った裾をふんわりとさせていた。七分丈の袖の先は襟ぐりと同じゴールドのレースがあしらわれ、腹部には大きなリボンが飾られている。

「ありがとう。でも、どうせ見せるならば、アレクシスに見せたいわ」

冷めた声音でそう返すと、シンシアはうつむいた。

「姫さま……わたくし、反省しているのです」

「え？」

ステファニーが振り向くと、シンシアが涙を浮かべた顔を上げる。

「シンシア？」

「わたくし、姫さまにアレクシスさまとのことを勧めるべきではありませんでした」

「そ、そんなことな――」

「あります!」

シンシアは激しい口調でステファニーの言葉を切った。

「姫さまの幸せを願って申し上げたことですが、そのせいで姫さまはアレクシスさまをお忘れになれなくなっておられます。これはゆゆしき事態です」

「おおげさな……」

ステファニーは苦笑するも、シンシアは真面目な表情で続ける。

「申し訳ございませんでした。どうかこのシンシアをお許しください……!」

「シ、シンシアっ」

ステファニーは慌ててシンシアの元に駆け寄り、彼女を抱き締めた。シンシアはしくしくと泣き出してしまう。

「ねえ、泣かないで? 私、シンシアのおかげで幸せだったのよ。この約二週間、本当に幸せだった」

「で、ですが……!」

「心配しないで、ちゃんとお嫁に行くわ」

安心させるようそう言ったら、シンシアが涙に濡れた顔を上げる。

「本当でございますか？　万が一アレクシスさまと駆け落ちなどなさったらどうしようかと……！」

よほど気に病んでいたのか、最後はひとりごとのように言葉を詰まらせた。

「シンシア……」

ステファニーは眉を下げる。

「もちろんよ。ねえ、だから落ち着いてちょうだい？」

そう微笑んでみせると、シンシアはようやく泣きやんでくれた。

「はい、取り乱して申し訳ございませんでした」

シンシアは涙を拭き、ステファニーと同じように微笑んでみせる。

「では、お茶の準備をいたしますね！　姫さまのお好きなハーブティーでも飲んでいただければ、きっと姫さまのお心も落ち着かれるかと思います」

「ええ、ありがとう」

ステファニーが目を細めると、さっそくとばかりにシンシアは部屋を出ていった。

ひとり残されたステファニーは、シンシアの言葉を反芻（はんすう）していた。

「駆け落ち……」

それは甘美な響きとなって、彼女の中に溶け込んでいく。天啓なのかもしれないと、ステファニーは思う。アレクシスと一緒にここから逃げられたなら、どんなにいいだろう。もしそんなことをしたらいったいどれだけの人々の迷惑になるのか――いまのステファニーには残念ながら、それを考える余裕はなかったのである。

＊＊＊

本日の訓練が終わったところで、アレクシスは治りかけの腕を庇いながら控え室に入っていく。するとそこでは、セオドアとコリンが何事か話し合っているところだった。

「いったいなんの話です？　最近、いつも一緒ですね」

別にふたりの話に興味はなかったが、何も言わないで控え室に入るのも無愛想かと思ったのだ。

するとコリンのほうが、実に言いにくそうに声をかけてくる。

「副団長、新情報を手に入れたんす……」

「ふうん？」

やはり興味など湧かなかったが、おずおずとしたコリンの様子から、それがステファニーに関することだと、ややあって気がついた。

「……今度はなんなんだ？　情報屋」

「オレは団員のコリンっすよ！」

そこは否定してから、コリンは「ううん！」と咳払いする。

「今夜、カスタニエからエドワール王子一行が到着するそうです」

「なんだと？」

眉をひそめるアレクシスに、コリンは一息に続けた。

「ステファニー王女に早く会いたいということで、迎えに来るらしいんす。そしてそのまま結婚という流れになるとか――」

「お前、そういう情報をいつもどこから仕入れているんだ？」

そんなことどうでもよかったが、自分を落ち着かせるためにわざと話を変えると、コリンは自信満々に話して聞かせてくる。

「いやあ、ほとんど女っすね！　天下の聖ガードナー騎士団員がちょっとアプローチすれば、城の侍女たちなんてころっといくっす！　あとはベッドで――」

「おい！　下品だぞ、コリン」

セオドアの叱責が飛んだ。

コリンがゲンコツを覚悟して身をすくませている間、セオドアが代わりに話し出す。

「だからふたりきりで王女さまに会えることはもうない。余計な行動はするなよ、アレクシス」

「……別に行動など」

「いや、貴様はこの二週間、王女さまに看病されていたことで、どこかでまだどうにかなるのではないかと期待しているはずだ。その気持ちを完全になくさないと、今後の騎士団の仕事にも支障が出るぞ」

「わかっています」

アレクシスはなんでもないように答え、さっさと兜と鎧を脱ぎ捨てると、控え室をあとにしようとした。もう誰にもこの話題に触れてほしくなかったのだ。

しかしセオドアは逃がしてくれない。肩に手をかけて止められてしまう。

「待て、アレクシス。ここで貴様に道を踏み外してほしくないのだ」

アレクシスは振り返り、冷静を装った。

「踏み外すことなどしません。俺は聖ガードナー騎士団の副団長、アレクシス・フィルポットです。忠誠は陛下と騎士団に捧げています」

「…………」

アレクシスの朱が差した鳶色の瞳を、セオドアは偽りがないことを確かめるかのようにじっと覗き込む。

アレクシスは心のうちを悟られないよう、必死でまばたきをこらえ、じっとセオドアを見つめ続けた。

やがてセオドアのほうが諦めたように溜息をつく。

「……わかった。貴様の言葉を信じよう」

「ありがとうございます」

では……と、踵を返しかけたところで、コリンに呼ばれた。

「副団長！　余計な情報かもしれないっすが、王子一行が到着するまでまだ時間があるっす。それまでならば王女さまに会う時間が取れると思うっすよ！　なんでも王女さまは部屋で準備中だとか――」

「コリンっ!!」

ついにセオドアのゲンコツがコリンの頭を直撃する。

コリンは「ひいい！」と痛がって床にうずくまった。

「こいつめ、本当に余計な情報を与えやがって……！」

アレクシスが啞然として彼らのやりとりを見ていると、セオドアが忠告してくる。

「おい、アレクシス。妙な気を起こすなよ？　王女さまはいま、嫁入り前でご気分が安定していないはずだ。そこで貴様が顔を出せば、彼女の決断を鈍らせ、惑わせることになるだけだ。そのぐらいわかっているだろう？」

「でも！」

声を上げたのは、痛みからまだしゃがみ込んでいるコリンだった。

「団長は厳しすぎるっす！　副団長にだって最後の別れの時間があっても許されるんじゃないっすか!?　ここまで一途に想い続けていた相手が結婚するんすよ？　落ち着いてなんかいられないっす！　ちゃんとお別れの言葉を言い合って、初めて気持ちの整理がつくんじゃないっすかね!?　それこそが延いては騎士団のためになると、オレは思うっす！」

「……コリン」

セオドアは考え込むも、大仰に嘆息する。

「貴様の気持ちもわからんではないが、これは国を左右する大事なことなのだ。アレクシスは王女さまにはもう会わない。婚礼の儀式で最後に見ることができれば、それで充分だろう？」

唐突に話を振られ、考え込んでいたアレクシスは反射的にうなずいた。

「はい」

「ほらな？」

セオドアは満足そうにコリンに言い、彼の襟首を摑んで立たせる。

「じゃあ、寮に戻ろう。アレクシスは夕食以外、くれぐれも外出しないようにな」

「わかっています」

アレクシスは再びうなずき、先に控え室から出ていった。

とてもではないが食欲など湧かなかったので、アレクシスは夕食にも行かず、団服から平服に着替えてからはずっと本当に部屋に閉じこもっていた。頭の中はステファニーのことばかりで、いっそおかしくなりそうだ。しかしセオドアに釘を刺されたばかりなこともあり、何か行動に移すことははばかられた。コリンの熱意ある言葉も効いてはいたが、これ以上ステファニーを困らせたくないという気持ちが大きい。今夜もし自分が彼女の部屋を訪れたりでもしたら、きっとステファニーを泣かせてしまう。そんな予感がしていた。

アレクシスは落ち着きなく部屋を歩き回り、壁に手をついてうつむく。

「ステフ……」

いとおしい彼女の名を呟き、最後に何ができるだろうかと考えた。

ステファニーはドリスコル王国のために政略結婚しなくてはならない身である。それはぜったいに覆ることはない。クリフトン王もそのつもりだし、何より相手のエドワール王子が間もなく到着するのだ。予定を早めたぐらいだから、よほどステファニーが気に入っているのだろう。きっとステファニーを幸せにしてくれるはずだ。

けれどエドワール王子がステファニーの顔や身体や髪に触れると思うと、あの瞳に見つめられると思うと、腸（はらわた）が煮えくりかえりそうなほどの怒りが湧いてくる。

「誰にも渡したくない――」

それがアレクシスの紛うことなき本音だ。

「ステフには、俺と幸せになってほしい」

言うだけなら問題ないとばかりに、次々と思いの丈が溢れてきた。

「俺が必ず幸せにしてみせる……！」

だけど――と、アレクシスは諦めの吐息をつき、ベッドに力なく腰かける。

「そんなこと、叶うわけがない。もしステフにこれ以上何かすれば、それだけで国際問題に発展してしまう恐れがある。騎士団からも追放されるだろう。生まれてから騎士団しか取り柄がない俺に、王女であるステフを幸せにできるだけの地位も権力もない……」

膝に肘を置いてうつむき、アレクシスは途切れることのない溜息を吐き続けた。

諦めるしかない、そんな想いがようやくアレクシスの中に芽生えたとき、ドアが外側から急いたようにノックされる。

アレクシスがおもむろに立ち上がると、扉の向こうから声が聞こえた。

「アレク、お願い、開けて！　アレク!!」

「――っ!?」

ステファニー!?　と、思わず声に出しそうになったが、すんでのところでこらえる。

周囲に聞かれないよう、気持ち静かに叫びながら、ステファニーはアレクシスの私室のドアをノックし続けているらしい。

しかしアレクシスは動けない。何も口に出せない。そうすることが何を意味するのか、もうとうにわかっていたからだ。

「お願いよっ……アレク！　ねえ、ここを開けてちょうだい——！」

アレクシスはドアの前に突っ立ったまま、ステファニーの言葉を聞いていた。

「私にもちゃんとわかっているわ。こうなった以上、もう会わないほうがお互いのためだと言うのでしょう？　でも私、たくさん考えたの。そしてたくさん気づいたの。私、あなたが好きだって。あなたを愛しているって。私の幸せは、あなたと一緒にいることだって……っ」

返答がなくともアレクシスが聞いていると信じてか、ステファニーの言葉は続く。

「アレク、私を幸せにしてよ。私はあなたがいないと幸せになれない。きっとカスタニエへ行ったら、心も身体も死んだようにすごすことになるわ。だって私は、一生あなたを忘れないもの。ぜったいにあなたを忘れないものっ……私、まだ死にたくないし、そんなつらい想いをして生涯を終えるなんてとても耐えられない……！」

やがてステファニーのすすり泣きが聞こえてきた。

ドアを一枚挟み、アレクシスは苦悩していた。ステファニーの言葉の数々に胸を打たれ、本当ならいますぐにでもここを開けてしまいたい。しかしそれは幸せになれると同時に、破滅への道を意味することになる。わずかな幸せと引き換えに、すべてを犠牲にする覚悟が果たして自分にあるのだろうか。

セオドアやコリンの言葉を思い起こしながら、アレクシスは葛藤し続けていた。

そのときステファニーの口調が変わる。

「アレク……あっ⁉」

「？」

何事かと耳を澄ませると、ステファニーが恐縮したように何者かに向けてしゃべり始めた。

「お父さま、私は、私はアレクシスを愛しています。どんなに止められようと、私はアレクシスの傍を離れません。もしそれでも政略結婚を強行しようというのなら、ここで舌を噛み切って死にます！」

「っ⁉」

陛下がこんな場所に——⁉　と、あり得ない事態にアレクシスは驚愕する。それよりもステファニーの決意のほうが問題だ。このまま自分がここにこもり続けていたら、ステファニーが自決して死んでしまう。

アレクシスは気づけばドアを開け、部屋を飛び出していた。

「陛下……って、え⁉」

アレクシスはクリフトンのいない廊下で、ひとり唖然とする。

ステファニーは泣きながら、がばっとアレクシスに抱きついてきた。

「アレク、アレクっ‼」

「ステフ……ど、どういうことだ？」

困惑するアレクシスに、ステファニーは彼の胸に顔を押しつけながら答える。

「嘘をついてごめんなさい、お父さまがいるふりをしたの。あのままずっとドアに話しかけていても、きっとあなたは私のために開けないだろうと思ったから――」

「ステフ……」

安堵とも戸惑いともつかない感情がアレクシスに溜息をつかせた。それからステファニーを抱き締め返して、冷静に言葉を紡いでいく。

「そんなことをしなくても、俺はいずれドアを開けていただろう」

「本当に？」

ステファニーが涙に濡れた顔を上げると、アレクシスが苦笑した。

「俺の心も、まさに決壊寸前だったからな」

「アレク……」

ステファニーは感動するも、いまはそれどころではないことを思い出す。

「再会の言葉はあとよ。急いで？」

「急ぐ？　何をだ？」

きょとんとするアレクシスに、ステファニーは毅然と言いきった。

「私たちは、このまま駆け落ちするのよ」

「――――」

どんなことにも動じないアレクシスだったが、この言葉にはさすがに絶句する。我に返るように頭を振ってから、ステファニーの肩に手を置いて彼女を揺さぶった。

「な、何を言っているんだ、ステフ！　そんなことをしたら、一巻の終わりだぞ!?　俺はてっきり、最後にお前に会えるだけかと……」

「さっきの台詞、ぜんぶ聞いていたでしょう？　私は本気よ。本気ですべてを捨ててでも、あなたと一緒にいたいの。だからお願い、私と一緒に逃げてちょうだい！」

「ス、ステフ……っ」

目を白黒させるアレクシスを押しのけ、ステファニーは彼の私室に入り込む。それから勝手にアレクシスの鞄を持ち出し、適当に荷物を詰め込み始めた。

「ス、ステフ!?」

アレクシスは慌てたが、ステファニーはあっという間に荷造りを終えてしまう。そして最後にアレクシスが寒くないよう、黒いコートを手渡してくる。初秋とはいえ、夜は冷えるし、何が起こるかわからないから、できるだけ厚い外套を身につけておいたほうがいいという意味だろうか。

「さあ、いまのうちに行きましょう！」

「いまのうちって……」

まだ状況を呑み込みきれないアレクシスに、ステファニーがてきぱきと指示した。

「シンシアはお茶を淹れに行っていて、もうしばらくは私の不在に気づかないわ。騎士団は夕食中だから、彼らに見つかる可能性も低い。衛兵だけなら私の命令でやりすごすことができるはずよ。だからアレクシスは、私に従うだけでいいわ。城を出るまでは従者のふりをしていてちょうだい」

「お、おい！」

さっさと踵を返すステファニーを呼び止めると、急いたように彼女が振り向く。アレクシスはステファニーに倣い、急いたように言葉を続けた。

「本気なのか⁉　本気で駆け落ちするつもりなのか⁉　それが何を意味するのか、お前だってわかっているだろう⁉」

するとステファニーは、この上ない渾身の笑みを浮かべる。

「意味なんてわかっているわ。私とアレクがふたりで幸せになることよ」

「ステフ……」

その純真無垢（むく）な笑顔に、アレクシスはついに腹を決めるほかなかった。本気で駆け落ちを決行するのであれば、罪はすべて自分が引き受けようと心に誓う。

アレクシスはステファニーから鞄を取り上げると、自分で持った。

「何があっても、俺がお前を守ってみせる」

「本当に？　信じていいのね？　後悔しないのね？」

いまさらながら不安になったのか、ステファニーが確認に聞いてくる。

けれどアレクシスは、もう迷わなかった。

「すべてを捨ててでも、俺はお前さえいてくれればいい。ステフ」

「アレク……！」

ステファニーは感動して、瞳を潤ませる。

「行きましょう、アレク！」

「ああ」

そうしてふたりは城を出るため、本当の幸せを掴むために、走り始めたのであった。

＊＊＊

お茶の用意を終えたシンシアは、間もなくステファニーが私室にいないことに気づいた。

そしておそらくいま何が起こっているのかも、すぐに想像がついてしまう。

「姫さま……！」

真実の愛に正直になってしまった主を想い、シンシアはぼろぼろと涙を零す。

そこへ意表を突いたように、クリフトン王が自らステファニーの私室へやってきた。

「シンシア。もうすぐエドワール王子一行が到着するから、ステファニーに出迎えさせたいのだ。そのほうが王子も喜ぶだろうからな。娘の準備は整っているか？」

うしろを向いていたシンシアは慌てて涙をエプロンで拭うと、笑顔を取り繕って振り返る。

「はい、準備は滞りなく。ただ姫さまはいま、お気持ちが不安定でいらっしゃるのでハーブティーを召し上がってもらおうとしていたところなのです。申し訳ございませんが、姫さまが落ち着かれましたらお連れしますので、もう少々お待ちいただけませんでしょうか？」

すらすらと言うシンシアの嘘にまったく気づかず、クリフトン王は残念そうに眉を下げた。

「そうか、時間が必要となると出迎えは難しいな。エドワール王子にも申し訳ないが……まあ、しかし急に来たのは向こうなのだから、わざわざ出迎えまでさせることはないかもしれんな。あれもマリッジブルーになっている頃だと思うから、よくケアしてやってほしい」

「はい、陛下」

「それでステファニーの姿が見えないが、娘はどこだ？」

「続き部屋の衝立(ついたて)の向こうにいらっしゃいます。いまドレスの具合をご覧になっておられます」

クリフトン王はうんうんと鷹揚にうなずく。さすがに年頃の娘の服装確認に顔を出すほど、彼は無粋ではなかった。

「それならばよいのだ。あとは頼んだぞ、シンシア」

「かしこまりました」

クリフトン王が去ったところで、シンシアはほっと胸を撫で下ろし、深く溜息をつく。それから暗い窓の向こうに目をやった。いまステファニーはどの辺りにいるのだろうか。月のない夜は、きっと彼女の助けになっているに違いない。

「ステファニーさま……わたくしにできることは、こうして少しでもお時間を作るところまでです。どうか、どうかご無事で……。アレクシスさまとの愛を貫かれた姫さまが、必ずお幸せになりますように――」

役目を終えたシンシアは、そう神に祈ることしかできなかった。

＊＊＊

人気（ひとけ）のない裏門に向かいながら、ステファニーは随所に配置された衛兵たちをやりすごす。その際アレクシスには予定通り従者のふりをしてもらった。辺りがすでに薄暗かったこともあり、黒の外套を頭からはおったアレクシスが聖ガードナー騎士団の副団長だとは思わなかったようで、誰にも止められることはなかった。

そうして見事城を抜け出したふたりは、城下町の大通りで辻（つじ）馬車を拾い、あてのない旅に出た。

道中、ステファニーの服装があまりにもきらびやかすぎるので、ドレスを含め身につけているものをすべて売って路銀に換え、彼女自身は市井の娘の格好をする。アレクシスは元々一般市民に溶け込める姿だったので、これでふたりはどこからどう見ても庶民の若い夫婦に見えるようになった。

ステファニーは王女で、アレクシスは聖ガードナー騎士団の副団長として国中で有名だったが、その顔を知る者は城や城下町の者たちだけである。

だから遠く遠く、自分たちを知らないであろうドリスコル王国の端を目指して、ふたりはひたすら辻馬車を乗り継いでいく——。

＊＊＊

ドリスコル王国の王宮では、エドワールが叫び散らしていた。うしろに控えるセバスチャンがどうなだめようと、彼の怒りは募る一方だ。

「花嫁がいないとは、どういうことです⁉　門まで迎えに出てこなかっただけでなく、城内にもいないとは‼」

「お、落ち着きたまえ、エドワールくん！　いま総出で城の中をくまなく捜索しているから……」

クリフトンもエドワールをなだめるも、彼はまったく止まらない。

「本当にこの城にいるのでしょうね⁉　ステファニー王女の存在自体が嘘だったとしたら、カスタニエの父上が許しませんよ‼　美人な娘がいるというから、結婚を承諾してやったのに!!」

「そ、そんなことがあるわけ――」

「陛下!」

勇ましい声音に助けられ、クリフトンがほっと息をついた。

「どうだ、進捗はあったか？　セオドア」

期待に目を輝かせるも、セオドアの顔は浮かない。

「それが――」

そしてセオドアは申し訳なさそうに、アレクシスの失踪を告げたのだった。

「衛兵によると、ステファニー王女とその従者が裏門を出たとか」

「なんだと!?」

今度はクリフトンが激昂した。

「それでステファニーは、娘はどうしたというのだ!?」

「状況から判断して、その従者はアレクシスで、ステファニー王女とともに駆け落ちしたのだと思います」

冷静に分析するセオドアを前に、クリフトンは頭がくらくらして倒れそうになる。

「なんてことだ……」

ふらふらと玉座に倒れ込むクリフトンを尻目に、エドワールがセオドアに牙を剥いた。

「お前は騎士団の団長なんだろう!?　なぜ部下の監視を怠ったんだ!!　それも前科のあるクソ野郎なんだ!!　調べはついているんだぞ!?　どうして姫から離しておかなかった!?」

「……申し訳ございません」

「謝ってすむものかっ！」

唾を飛ばしながら、エドワールが続ける。

「いいか、必ずそのアレクシスとやらを連れ戻せ！　もちろんステファニー王女もな!!　さもないとカスタニエは、ドリスコルとの戦争も辞さないぞ!!」

「…………」

セオドアがちらりとクリフトンを仰ぐと、彼は力なくうなずいた。どうやらクリフトンは相当まいっているらしい。その首肯にこれ以上エドワールを怒らせるなという意味が含まれていることが、セオドアにもわかった。

「承知いたしました。聖ガードナー騎士団の威信にかけて、必ずやアレクシスとステファニー王女を連れ戻します。それではさっそく捜索に向かいますので、俺は失礼いたします」

玉座の間をあとにするセオドアの背中をいらいらと見送りつつ、エドワールは忌々しそうに舌打ちを繰り返す。

「くそ！　こんなにも僕がこけにされたのは生まれて初めてだ！　ぜったいに復讐してやるぞっ……ぜったいにだ!!」

「坊ちゃん、落ち着いてください」

うしろに静かに控えていたセバスチャンが口を挟んだ。

しかしエドワールの怒りはやはり収まらない。

「落ち着いていられるか!! 妻が男と逃げたんだぞ!?」

「まだ妻ではありませんぞ、坊ちゃん」

「坊ちゃんと呼ぶなぁ!! それにいずれ妻になるんだからいいだろう!?」

エドワールは己の執事をそう叱咤するも、とある閃きにより、一転冷静さを取り戻した。

そしてクリフトンに聞かれないよう、セバスチャンを傍に呼び寄せる。

「いかがいたしましたか? 坊ちゃ……王子」

「〝あれ〟を用意しろ」

耳打ちされ、セバスチャンが恐怖に戦慄した。

「し、しかし――」

「国から急いで取り寄せろ。クソ野郎の騎士が戻り次第、〝あれ〟を使う」

「…………」

セバスチャンはもう何を言ってもむだだと思ったようだ。わずかの逡巡(しゅんじゅん)のちにうなずくと、〝あれ〟をドリスコル王国に持ち込むため、すぐに手配を開始した。

＊
＊
＊

何度も辻馬車を乗り継いでいたら、いつの間にか朝になっていた。朝焼けが射し込み、寝ておらずしょぼしょぼした目を眩しく照らす。

窓の外は都会の風景からもうとっくに田舎町へと変わり、いまは畑が広がる中、土をならしただけの道をガタゴトと進んでいるところだった。あてのなかったふたりは、とりあえずアレクシスが騎士団の任務中に知った廃村に向かっていた。

「ここまで来れば、もう誰にも追われることはないわよね……」

隣に座るステファニーは心配そうに外を窺っている。彼女の双眸には慣れない旅疲れゆえのくまができており、明らかに寝不足なことがわかった。

アレクシスが小刻みに震えるその肩を抱き、安心させるように言う。

「ああ。ここには俺たちしかいない」

本当のところ王や騎士団が本気を出せば、国外にでも逃げない限り、いつかは見つかってしまうだろうとわかっていたが、あえてそれを口にすることははばかられた。ステファニーのストロベリーブロンドは珍しく、アレクシスが金を稼ぐためには騎士団の能力が活(い)かせる仕事しかない。そんな目立つ生活をしていれば、居場所がばれることは時間の問題だ。けれどいまはただ、ステファニーとともに生きることだけを考えていたい。アレクシスはそう現実から目を逸らしていた。

しばらく田園風景が続く中、ふと眼前に適当な空き家が目に入り、アレクシスは御者に話しかける。

「おじさん、ここで降ろしてくれ」

「こんなところでかい？」

廃村の中だったので、御者は明らかに不審がっていた。

しかし金を多めに渡したら、何も言わずふたりを降ろしてくれる。

「アレク……私、怖い」

周囲には田と畑、生い茂った林、細い川、遠くに隣家が見えるだけという寂しい場所に、ステファニーがおののいた。

「大丈夫だよ、ステフ。ここには俺たちしかいないんだから」

そう繰り返したら、ステファニーは落ち着いたらしい。こくんと素直にうなずき、アレクシスの腕に絡みついてくる。

「まずはあの家を俺たちの住処(すみか)にしよう？　それから俺は仕事を探す。ステフには苦労をかけないって約束するから、俺にすべて任せてくれてかまわない」

「でも……」

アレクシスの優しい眼差しに、ステファニーは戸惑いの色を顔に浮かべた。

「私だって何かできるはずよ。これからはずっと一緒に庶民として生活するんだもの、私もいろいろがんばりたいわ」

ステファニーは一生過去から逃げていられると思いたいらしい。その夢を、アレクシスは壊したくない。

「いいんだよ」

だからアレクシスは微笑む。

「ステフは俺の傍にいてさえくれればいい。それだけでいいんだ。そのために城を出たんだから」

「アレク……」

ステファニーはアレクシスの思いやりにいたく感激したようだ。瞳を潤ませ、上目づかいにアレクシスを見つめている。

「そんな目で見られたら、いますぐ襲いたくなる」

くくっと喉で笑ってからかうと、ステファニーは真っ赤になってアレクシスから離れた。

「もう！　いまはそんな場合じゃないでしょ！」

そしてひとり、走って先に行ってしまう。

アレクシスは急いで追いかけ、安全を確認してから空き家のドアを開ける。

「やっぱり外から見た通り、誰も住まなくなってしばらく経つらしいな」

「じゃあ、ここが私たちの新しい家になるの？」

「そうだ。不自由はあると思うが――」

「ううん！」

ステファニーが一間しかない家の中に入り、くるくるとその場で回った。

「だってベッドもお台所もあるじゃない！　確かに狭いけど、きっとなんとかやっていけるわ！」

作りつけの木製のベッドの向かいに、申し訳程度に土間が備わっている。また小さいが暖炉もあった。壊れかけのテーブルやイスもある。

「じゃあ俺はうしろの林でたきつけの柴を集めてくるから、ステフは――」

「部屋の掃除をしているわ！」

ふんと気合いを入れて腕まくりをするステファニーを見て、アレクシスは思わず笑ってしまう。

「な、なんで笑うのよ!?」

「なんでって、似合わないからさ」

「そんなことないわ！　シンシアのまねをすれば簡単よ！」

「そうだね」

くくくっとまだ笑いをこらえきれず、アレクシスはひとり外に出た。


林に入ると、燃やすのに適当な柴がたくさんあった。

柴を集めている間に段々と日が高く昇り、葉の間から眩しい光が射し込んでくる。

額から汗を流しながら仕事をしていると、ふいに王宮や騎士団のことが思い出された。いま頃はきっと、血眼になって自分たちを探していることだろう。カスタニエと戦争になりはしないか、逃げた身だというのに気になってしまう。

しかしエドワール王子にステファニーを渡すことは、やはりできない。ステファニーは自分のものだ。誰にも触れさせたくない。それがたとえ神にも王にも背く行為だとしても、その信念は貫きたいとアレクシスは思っていた。そしてステファニーの望みを叶えてやるのだ。もし見つかって連れ戻され、どんな罰を受けることになったとしても、最後まで自分はステファニーを守りきる――そう誓いながら、アレクシスは柴を集め続けた。

アレクシスがたくさんの柴を両手に抱えて家に戻ると、ステファニーはなんと本当に掃除をがんばってくれていた。空き家に残されていた掃除道具で、苦手な家事にもかかわらず、懸命にきれいにしてくれたらしい。すすだらけだった土間も暖炉もなんとか使えるようになっており、ベッドには真新しい毛布がかけられている。これはステファニーの服を売った金で買ったものだ。

「が、がんばったんだな、ステフ」

驚きに目を丸くしていると、鼻の頭を真っ黒にしたステファニーが胸を張り、腰に手を当てて威張った。

「ね、私だってやるでしょう？　このぐらいなんてことないわ！」

「うむ、さすがシンシアだ」

かつてのステファニーの侍女の名を挙げると、彼女はぷうっと頬を膨らませる。

「なんでシンシアなのよ!?」

「いや、シンシアの仕事ぶりを見ていたから、できたんだろう？」

アレクシスが冷静に言った。

「そ、そうだけど――」

うっと言葉に詰まりながら、ステファニーはつまらなそうに口を尖らせ、そっぽを向いてしまう。

アレクシスはそんなかわいいステファニーの元に歩み寄り、ぽんぽんと頭を撫でてやった。ステファニーが顔を赤くする。

「こ、子供扱いしないでよ」

「していないよ。ステファニーがかわいいから、こうしたいだけだ」

ほら……と、アレクシスは袖口でステファニーの鼻の頭を擦った。真っ黒いすす汚れが取れていく。

「ふりゅっ」

変な声を上げるステファニーがおかしくて、アレクシスはもう何度目かわからないほど笑ってしまう。

「な、なんで笑うのよー!?」

わからないのは本人ばかり。

そのとき、「へくち!」とステファニーがくしゃみをした。

「大丈夫か!?」

「ん、ちょっと寒いだけよ」

「すぐ暖かくするから!」

アレクシスは急いで柴を暖炉に投げ込み、火を入れていく。うまく燃えるか心配だったが、空気が乾燥しているからか、無事に火はついてくれた。

「すぐ暖かくするから、ここに座っておいで？　風邪の引き始めかもしれないから、おとなしくしているんだぞ」

「アレクは？」

上着をはおり直し、ステファニーが問いかける。

アレクシスは鞄から、次々に食材を取り出した。さすがに保存場所がないので生鮮食品は買えなかったが、パンや芋などを含む野菜はたくさん買い込んでこられたのだ。ステファニーの服を売った金で、しばらくは食べていけるだけの食材を購入していた。

「俺は食事を作るよ。昨日の夜から何も食べていないから、お腹が空いただろう？」

「空いたけど、アレク、料理なんてできるの？」

「ああ。騎士団では野営の訓練もするからな」

「そっか！」

ステファニーが笑った。

「じゃあ、料理はお任せします！」

さすがに木炭クッキーを作り上げたステファニーは、自分の腕を信用していないらしい。料理ばかりはアレクシスに任せようと、己は火の番を買って出た。それでいいと、アレクシスは密かにほっと胸を撫で下ろす。

アレクシスは背後にステファニーの気配を感じるという、なんとも温かい空間の中、さっそく調理を開始する。今日は寒いので、メニューはライ麦パンと野菜のポタージュだ。豪華な食卓にすることは難しいが、せめてステファニーにひもじい思いはさせないよう、近いうちに町まで仕事を探しに行こうと改めて誓う。

料理ができたところで、アレクシスがテーブルに並べていく。ステファニーも立ち上がり、その手伝いをした。

「なんか私たち、夫婦みたいね？」

照れたように言うステファニーに、アレクシスは当たり前のように返す。

「そうだろう？」

「えっ!?」

ステファニーが心底驚いたので、逆に心配になった。

「ここまで来ていやだとか言うなよ……」

「いやじゃない！」

がばっと、ステファニーがアレクシスに抱きついてくる。

アレクシスは押し倒されそうになり、なんとか踏みとどまった。

「アレク！　私、うれしい！　このまま夫婦として、ここで暮らしていきましょう！」

アレクシスが、朱が差した鳶色の目を細める。

「もちろん、俺は最初からそのつもりだ」

「アレク……っ」

感動に瞳を潤ませるステファニーの頭をぽんぽん撫でやり、アレクシスは食事を勧めた。

「さあ、食べようか？」

「うん!!」

そうしてふたりは向かい合って食卓につき、慎ましやかな食事を摂る。量も味も王宮にいた頃よりもちろん質が落ちたが、アレクシスもステファニーも互いに満足で、何にも代えがたい幸せを感じていた。

＊　＊　＊

「アレク、アレク……」

「ん？」

ベッドで一緒に寝ていたアレクシスを起こし、ステファニーが窓の外を指さす。星々できらめく夜空に、丸い大きな月が顔を出していた。

「おはよう、ステファ。きれいな月だね。でも、まだ夜だよ」

「うん、なんだか眠れなくて……」

「眠れない？」

アレクシスが上体を起こし、ステファニーの様子を窺う。

ステファニーは仰向けになって、いとおしいアレクシスをうれしそうに見上げた。

「……元気そうだけど？」

「ふふ、アレクが起きてくれたからよ」

「昨日は寝ていないから、早く寝ようってベッドに入ったんじゃないか」

アレクシスは欠伸を噛み殺し、まるで寝直そうと言うかのようにステファニーに毛布をかけ直してやる。

しかしステファニーはそれをはねのけ、アレクシスの首に手を回した。

「アレク……ねえ？」

小首を傾げるステファニーの言葉の意味に気づき、アレクシスが苦笑する。

「なんだか今夜は積極的だけど、どうしたの？」

「ちゃんとした夫婦になりたいの」

「もう夫婦だよ」

「夫婦じゃないわ！」

ステファニーが急に大きな声を出した。

「だって式も挙げていないし、指輪も交換していないもの！」

「ああ……」

アレクシスは困ったように眉を下げる。

「ステフは、そうしないと夫婦だと思えないの？」

「そういうわけじゃないけれど……でも、初夜ぐらい——」

そしてかあっと朱に染めた頰を、両手で隠してしまう。

アレクシスは微笑みながら、その手をゆっくりとどかした。

すると恥ずかしそうなステファニーの顔が露わになる。

「初夜ぐらい？　何？」

「にゃんでもにゃい……」

くすくすとアレクシスが笑った。

「かわいい猫がいるな。どこにいるのかな？」

「アレク——あっ……」

アレクシスがステファニーに覆い被さり、その白い首筋にキスを散らしていく。

ステファニーはアレクシスの背中に手を回し、快感をこらえていた。

「あ、あ……っ」

「ステフ……夫婦になろう？」

アレクシスのささやきから、身体に甘い痺れが走る。こくこくと首だけでうなずいてみせると、彼の手がステファニーの胸に伸びていった。

「ふぅ……ん、ぁ……」

庶民の服はワンピースのようになっているので、アレクシスは下からめくり上げ、それを器用に脱がせる。

すぐにアレクシスも裸になると、ふたりは素肌で抱き合った。

「アレク、あったかい……」

「お前もあったかいよ、ステフ」

アレクシスが無防備なステファニーの身体に、今度は迷うことなく赤いうっ血痕を残していく。キスマークが増えるごとに、どんどんアレクシスの妻になっていく気がして、ステファニーは心から満足だった。

アレクシスはステファニーの丸い乳房をやわやわと揉みしだきながら、もう片方の先端を口に含む。

「んぁ……あ……ぁ、アレク……んんっ……」

ステファニーは身をよじり、迫り上がる愉悦に耐えていた。

くちゅくちゅと淫らな音を鳴らしながら、アレクシスはステファニーの乳首を口でしごく。そうしているうちに、そこはつんと尖っていった。

「こんなにも感じやすいステフが好きだ」

「アレクだからよ……」

「それが本当かどうか、確かめようか？」

「んんっ」

アレクシスの手が足の間に伸び、指先で秘裂をすくう。するとそこはすっかり潤っており、くちゅりと水音がするのだった。

「本当だ。ステフは本当に感じやすい」

「アレクだけ、アレクだけなの」

はあはあと荒い息をつきながら、ステファニーが潤んだ目でアレクシスを見上げる。

アレクシスはうなずき、感動して、さらにステファニーの中をあばいていった。

「ああっ……ん、ふっ……ひ、ぅ……あ、んんっ」

ぴちゃ、ぴちゃと、水音は大きくなるばかり。

アレクシスの指先はステファニーの淫らな芽を見つけ、こりこりと刺激を加えていく。親指で肉豆を潰し、中指を秘孔に挿入する。

そのたびにステファニーはぴくぴくと魚のように腰を跳ねさせた。

「あんっ……アレクぅ……私、私……我慢、できないぃ……！」

「でも、もう少しほぐさないと――」

「大丈夫、大丈夫だから、いますぐ……！」

「ステフ……」

アレクシスが眉を下げて、ステファニーを見下ろす。

するとステファニーは、泣きそうな顔でアレクシスを見つめていた。何度も交わっているはずなのに、いますぐ一緒にならないとこのまま離れてしまいそうな気がして、ステファニーはなんとも形容しがたい不安に駆られていたのだ。

「わかった。ひとつになろう」

「うん、うん……！　ひとつに、溶け合いたい――っ」

アレクシスはステファニーに乞われるがまま、彼女の足の間に身体を収める。それからすでに猛(たけ)っていた屹立の先端を、ステファニーの蜜口に押し当てた。

「いくよ？」

「ええ」

アレクシスがぐっと腰を入れていく。

「あ！」

ずずっと、剛直が媚肉を割り開き、ゆっくりと奥まで穿つ。

「あ、あああっ、やぁああ、気持ちいいっ」

ステファニーはこの瞬間がいちばん好きだった。大好きなひとの証を自分の中に感じられる、このときがたまらなく心地よい。

ずんっと、アレクシスの亀頭が最奥まで届き、子宮口をノックする。

「ふぁあ、あっ……んんぅっ」

「ああ、ステフ……お前は最高だ——！」

「アレクぅ、アレクぅ、あなたもよ、あなたのが好きっ」

アレクシスが抽挿を開始した。

ぐっ、ぐっと腰を前後に動かし、蜜孔へ出し入れを繰り返す。

「あぅっ、あんっ、は、ああっ、ふぁっ、ああっ」

「ステフ、ステフっ」

激しい律動が、ベッドをぎしぎしと鳴らした。

そんなことなどおかまいなしに、ふたりは色情に貪欲になっている。

「あああっ、アレクぅ、好き、好きぃ！」

「ステフ、俺もだっ……俺も、お前が好きだっ……」

好きすぎて限界がわからないと、動きながらもアレクシスが苦笑した。

ステファニーも微笑み、感動的な情交に涙を流しながら、こくこくとうなずく。

「アレクっ……お願いが、あるの……！」

「なんだ、ステフ？」

「今日は、今日は、私の中に――」

「っ……ステフ……」

アレクシスは、どこか悩んでいるようだった。

その反応が不安になり、今度は悲しい意味で泣きそうになる。

「どうして？　だって、これで夫婦になったのでしょう？」

「なったよ」

だけど――と、アレクシスがためらった。

「女性がつらい思いをするんだ。こんな場所で、医者もいなくて、ステフにもし何かあったらと思うだけで、俺は……！」

苦渋に顔を染めるアレクシスを見て、ステファニーは鈍器で頭を殴られたような気持ちになる。

「アレク……私のこと、そんな大事にしてくれているのね？」

「当たり前じゃないか！　お前以上に大事なものなんて、俺にはない！」

「アレク……っ!!」

ステファニーはがばりと下からアレクシスに抱きつき、彼の愛に応えようと唇にキスした。

「アレク、うれしい。私、うれしいわ」

「ステフ……」

「うん、いろいろ準備が整ったらにしましょう？　仕事を見つけて、お医者さんの場所もわかれば、妊娠しても問題ないわよね？」

「ああ」

アレクシスが真面目にうなずく。

「それまでは、きちんと避妊をしておこう？」

「ええ、わかったわ」

ステファニーはアレクシスの気持ちがうれしくて、目元を和ませた。

けれどアレクシスのほうは、なぜかつらそうな顔になっている。

「アレク？」

「……すまない、ステフ。そろそろ動いていいか？」

「あっ!?」

かあぁっと頬を染め、いままさに繋がっていることに、いまさらながら気づいた。ステファニーは羞恥に顔を赤くしながらも、こくりとうなずいてみせる。

アレクシスは笑い、律動を再開した。

「んぅっ！」

「ステフ……そんなお前を、本当に愛している。心からっ」

「ああんっ……アレク、私も、私もよ！　私も愛しているのっ」

ずっく、ずっくと奥を穿ち、しこった部分を突いていく。

段々とボルテージが上がり、ステファニーは絶頂への道を駆け上がっていった。

「んぅっ、ああっ、はぁっ、き、気持ちいい、い、いきそう、いきそうっ」

「ステフっ、ステフっ」

アレクシスが気合いを入れて、ステファニーのいちばん気持ちいいところを刺激し続ける。

腰を動かしながら、唇を重ね、乳房を揉んだ。

「はぁあっ、あんっ、いい、いいのっ、アレクぅ、アレクぅ、いく、いくっ」

同時に性感帯を余すところなく攻められ、間もなくステファニーは高みへのぼり詰める。

瞬間、大きな渦に呑み込まれたような感覚に陥り、がくがくと腰が震えた。手足までびりびりと痺れ、甘い快感の余韻が全身を満たす。

「はぁ、はぁ、はぁっ」

「ステフ……大丈夫か?」

「え、ええっ……」

ステファニーは、途切れ途切れになりながらうなずいた。

「すごく、よかったわ。中でいったの、初めてだもの……」

「俺も、もういきそうだ。動いても大丈夫そうか?」

「もちろんよ」

まだ悦楽に浸っていたかったけれど、アレクシスが腰を動かし始めたら、また新たな快感に襲われてしまう。

「ああっ、ま、またっ、またいっちゃう！　ああ、気持ちいい、いいのっ、ああ！」

「いって、ステフ、またいってくれ」

ずっく、ずっくと最奥を穿たれているうちに、再び快楽の波が迫ってくる。一度いったら何度もいけるのだと、ステファニーはこのとき知った。

アレクシスに抱かれるようになって二週間あまり、毎日のように身体を繋げているうちに、ステファニーの身体はすでに女として完成されつつあった。

「んぅあっ、はあ、アレク、アレクぅっ、すごい、すごいよぉっ、ああんっ」

アレクシスが腕立ての姿勢からステファニーを抱き締めるように覆い被さると、さらに奥に彼を感じられる。

「あああっ、も、もう――――！」

きゅうっと蜜孔に力を入れた瞬間、びくんびくんと絶頂の衝撃がやってきた。膣が蠕動運動を繰り返し、アレクシスの熱杭を締めつけた。

アレクシスがきつく眉を寄せる。

「ステフ、いくよ、ステフっ」

「きて、きてぇっ……！」

アレクシスはずるりと濡れた肉棒を抜き、ステファニーの白い腹に吐精した。それはいつまでもびゅくびゅくと飛び散り、白濁がステファニーを濡らす。

「ああ……」

「ステフ」

「ん」

「すまない、これで収まりそうにないんだが——」

「え？」

ステファニーが顔を上げると、アレクシスは出したばかりだというのに、男根をすっかり勃ち上がらせていたのだった。

「す、すごい……」

目をみはるも、確かにアレクシスの陰茎が小さいところを見たことのほうが少ない気がして、ステファニーはおののく。

「ま、まだ……？」

「いいか？」

ステファニーの身体を気遣って聞いてくれるアレクシスに感動して、ステファニーはこくりとうなずいた。

アレクシスが口角を上げ、ステファニーの背中に手を回して起こす。

「え、え？　どうするの？」

「俺がどれだけすごいか、示してやろうと思ってな」

「どういう——ん、んぁっ」

対面座位になったところで、アレクシスが蜜口に剛直を埋めてきた。一息にずぷりと挿れられ、ステファニーの息が詰まる。

「ふぅっ、んんっ」

「はぁっ……ステフ、お前の中は温かいっ」

アレクシスはステファニーの耳元で吐息をつきながら、腰を動かし始めた。すでに濡れた秘所が、出し入れされるたびにくちゅくちゅと鳴っている。

「あ、あ、アレク、アレクぅっ」

互いに抱き合い、近い距離で繋がり合う。

先ほどいったばかりだというのに、どうしようもない快感に狂わされ、ステファニーはただ喘ぐことしかできない。

「んぅあっ、はあっ、やぁんっ、あああっ」

ずっぷりと奥まで入ったと思ったら、先端まで引き抜かれ、そして突かれる。そうしているうちに、また絶頂の波が近づいてきた。

「あああ、アレク、アレク、いっちゃ、いっちゃぅっ」

「まだだ、ステフ、まだ」

「えっ……」

興奮から涙目でアレクシスを見やれば、彼はなんとステファニーの尻の下に手を入れ、そのまま抱え上げてしまう。

「ふぁあ!?」

驚くステファニーにかまわず、アレクシスは立ち上がった。

「え、えっ」

「このぐらいしないと、疲れそうにないからな」

額から汗を流しながら、絶倫のアレクシスが笑う。

立ったまま抱え上げられ、ステファニーは不安定な体位に心細くなった。

けれどアレクシスが律動を開始したものだから、すぐに愛欲の虜となってしまう。

「あああっ、アレクっ、これ、深いっ、深いよぉっ」

ベッドの上では足元が心許ないのか、アレクシスが床に下りた。歩きながら動かされ、ステファニーはもう何がなんだかわからない。

「ステフ」

アレクシスは真ん前にあるステファニーの口を唇で塞いだ。

「んぅうっ、ふうっ、ううっ、んぅっ」

舌を絡めるキスをしながら蜜壺を貫かれ、ステファニーは甘く啼く。

アレクシスは作りつけの棚の上にステファニーを座らせると、中を大きく穿った。

「あぁぅっ、はあんっ、や、ああっ、き、気持ちぃぃっ」

がん、がんと、背中に冷たい壁が当たるが、わずかな痛みに顔をしかめている暇もないほど、アレクシスは激しい腰づかいでステファニーを翻弄する。

つるりとした亀頭の先が、ステファニーの最奥にあるざらりと丸みを帯びたしこりを突き、ついにステファニーは陥落することになった。

「も、もうダメぇ――!!」

ぷしっと、蜜口から蜜がほとばしる。

ステファニーは何度目かになる絶頂に達して、きゅうきゅうとアレクシスの雄を締めつけた。

「はぁ、はぁっ」

「うっ」

その締めつけに耐えられなくなったのか、アレクシスがきつく顔をしかめる。

「俺も、もう――」

「ああ、アレク……!」

アレクシスは間もなく濡れた肉棒をずるりと抜き出し、ステファニーの腹に向けて発射した。白濁がステファニーの腹に散り、白い肌を淫靡に染め上げる。

ふたりでしばらくはあはあと荒く息をついていると、ふいにアレクシスが口を開いた。

「ステフ、いつか、いつかはさ」

「ん？」

次第にまどろんできたステファニーが顔を上げると、アレクシスが恥ずかしそうにそっぽを向いて言った。

「子供、作ろうな」

「アレク……！」

ステファニーは感動しつつもアレクシスの態度に笑い、ふたりは固く抱き合い、甘いキスをするのだった。

四章　許されざる罪と罰

王宮を出てから二週間、ステファニーは幸せだった。寒くなってきたことで水仕事で手が荒れたり、お菓子はほとんど食べられなくなったり、家は隙間風が入り込んだりしているけれど、アレクシスと一緒にいられればそれでよかった。

いつもシンシアに面倒を見てもらっていたので、彼女がいないことによる不自由は確かにあったが、アレクシスとふたりきりで暮らす毎日は新鮮で楽しくて、まるで本当の夫婦としてすごしているようだ。余裕ができたら小さな教会で式を挙げようと約束している。だからそれまでは夫婦未満だけれど、同棲（どうせい）もまたうれしいものだ。それに暇さえあれば愛を交わしているので、まったく寂しくない。

アレクシスのほうは町まで出て炭鉱の力仕事に就き、生活はわずかながらに潤うようになってきた。ステファニーもまた慣れない家事に日夜奮闘して、ふたりで力を合わせて暮らしている。

「ただいま、ステファ」

「アレク！」

夕方になり、アレクシスが仕事から戻ってきた。昼間はひとりなので、やはり心細い。

「お帰りなさい。お仕事、どうだった？」

「がんばったよ。今日の賃金と食材だ」

アレクシスが荷物を下ろし、本日の成果をテーブルに広げてみせた。

そこに珍しく菓子があることを発見して、ステファニーが目を丸くする。エウロギアという庶民には一般的な菓子だ。膨らんでいないパンのような食感で、甘い味が特徴である。庶民には一般的とは言っても、ステファニーたちには菓子など買う余裕はない。

「こんなお金、あったの？」

「ああ、それは親方がくれたんだよ。奥さんが作ったんだって。だから嫁さんにって……」

照れたようにぼそぼそと呟くアレクシスを前に、ステファニーは微笑む。

「うれしい」

それは菓子だけでなく、〝嫁〟という単語に感動したこともあった。

「お菓子なんて久しぶりだもの」

「そうだと思って――って、ステフ、なんだか顔色が悪くないか？」

「え？」

この家には鏡がないので、自分の姿を確かめようがない。だから最近は、自分のことには無頓着だった。

アレクシスが心配そうにステファニーの元にやってくる。そして彼女の額に手を当てる。

「……熱い。熱があるな。どうして黙っていた？」

やや憮然とするアレクシスに、ステファニーが慌てて言い繕った。

「黙っていたわけじゃ……そう言えばなんか最近、怠いなとは思っていたんだけど――」

「最近？　ずっと調子が悪かったのか？」

アレクシスの眉間に険しいしわが寄る。

ステファニーはしゅんとして白状した。

「……ここに来てから、しばらくして。で、でも環境に慣れていないせいだと思うの！　だから心配しないで？」

「心配しないわけがないだろう？　とにかくもう家事はいいから、休んでいてくれ」

「でも、お裁縫がまだ――」

「いいから！　さあ、ベッドに入って」

「あ……」

アレクシスに無理やりベッドに連れていかれ、強引に寝かされてしまう。

すると夜でもないのに、やはり疲れているのか、間もなく眠気が襲ってくる。

「アレク……ごめんなさい。少しだけ眠るわ」

「うん、いいんだよ。気にせず休め。すぐ治るさ」

アレクシスは毛布をかけ直すと、目を閉じたステファニーの頬にキスを落とした。

＊　＊　＊

しかし翌日になってもステファニーの熱は下がらず、具合は悪くなる一方だった。発熱に加え、脱力感、倦怠感、頭痛が顕著らしい。はあはあとベッドの上で苦しむだけで、意思疎通もあまりできなくなっている。そこでアレクシスは有り金をかき集めて町から医師を呼び、ステファニーを診てもらうことにした。

ステファニーの症状を一目見ただけで、老翁の医師は深刻そうな顔をした。

「これは……いまこの辺で流行(はや)っている病かもしれませんぞ」

「は、流行病？」

愕然とするアレクシスに、医師が続ける。

「町でも流行中でね。ひどくなれば死に至る、結構厄介な病気なんだよ」

「死っ!?　妻が死ぬって言うんですか!?」

「このまま放置しておけば、という話だよ。落ち着きなさい」

アレクシスの必死の形相は、医師をたじろがせた。

「幸いにも新薬が出ているから、それを飲めばすぐに回復するんだが――」

「なら、いますぐそれをください！」

「…………」

しかし医師は、ためらいがちに家の中に目を走らせる。どうやらアレクシスたちの暮らしぶりを観察しているようだ。

アレクシスがその意味に気づく。

「高い、のですね？」

「ああ。町の者でも、貴族や大商人以外はなかなか手に入らないものでね」

おそるおそる薬の値段を聞いたら、アレクシスがいまの仕事で六ヶ月以上働いてようやく手に入る金額だった。生活もあるし、まったく現実的ではない。

「……わかりました。今日のところは払えませんが、なんとかしてみせます」

絶望感でいっぱいのアレクシスはうつむき加減になるも、そう宣言した。

「そうかい？　まあ、無理しなさんなよ」

医師のほうは、アレクシスはきっと薬代を払えないだろうことを予想しているようだったが、気を遣ってくれる。

「お前さんは炭鉱の仕事だろう？　あれは時間と労力の割に賃金は安い。よければ何か仕事を紹介してやるから、気が向いたら連絡しておいで？」

「その頃まで、妻が無事でいられると？」

「……と、とりあえず今日のところは、これで引き上げさせてもらうよ」

アレクシスの問いに、ついに医師は答えてくれなかった。

この夜、アレクシスはとてもではないが眠れなかった。はあはあと苦しそうな息づかいを繰り返すステファニーの傍を離れないよう、ベッドの横に座り込み、彼女の負担にならない程度に手を握っている。先ほど額に載せたばかりの濡らした手巾は、すでに乾いてしまっていた。

「ステフ……」

手巾をもう一度濡らし直すも、その手に力が入らない。

アレクシスは泣きたい気持ちだった。そして彼女を王宮から連れ出したことを初めて後悔していた。王宮で暮らしていた彼女にとって、この環境はあまりにも過酷だったのだ。それなのにステファニーはそんな素振りなど少しも見せず、いつも笑って仕事から帰ってくる自分を迎えてくれた。

「すまない、ステフ、本当にすまない――」

後悔している場合ではない。なんとしてでも薬代を捻出しなければ、ステファニーの命に関わってくる。けれどその目処は、とてもではないが立ちそうになかった。医師に仕事を紹介してもらえたとしても、炭鉱より少しましな賃金になるだけなのは明白で、所詮焼け石に水だろう。

もし聖ガードナー騎士団の副団長のままだったら――そんな思いが、浮かんでは消えていく。騎士団の給金ならば、薬など簡単に買える。いや、そもそもステファニーが王宮に戻れば、最高の医師と看護師がつけられ、高価な薬と栄養価の高い食事などですぐに快癒するだろう。

「アレク……」

か細い声が、アレクシスを夢想から引き戻した。

「ステフ!? 目が覚めたのか!?」

アレクシスはがばっと起き上がり、ベッドに身を乗り出す。

「大丈夫か？ 具合はどうだ？」

すっかり色を失ったストロベリーブロンドの髪を撫でてやると、ステファニーはわずかに微笑みを浮かべた。

「うん……ちょっと苦しい、だけよ……私は、大丈夫……」

「大丈夫なことがあるか！　俺が必ず薬を手に入れてやるから――」

「アレク」

「なんだ？　水でも持ってくるか？」

「私、戻らないわよ」

「え――」

アレクシスは口を開いたまま、硬直する。ステファニーは自分の心のうちを読んでいたというのだろうか。まるでアレクシスの迷いを感じ取っていたかのような口ぶりだ。

ステファニーがはあはあと荒い息をつきながら、アレクシスに懇願してきた。

「薬が……手に入らないとしても、私は、王宮には……戻らない。ここで、アレクと……ずっと一緒にいたい、の……」

「ステフ……っ」

アレクシスは顔をくしゃりと歪め、ステファニーの手を取る。

「俺が必ずなんとかしてやるから、お前は心配するな！　俺が必ず……!!」

「…………」

「ステフ？」

ステファニーは再び眠りに落ちたらしい。相変わらず息苦しそうにはしているが、寝息を立て始めた。なんの弾みで起きてくれたのかはわからなかったが、彼女の決意は、アレクシスの迷いを吹っきらせた。

翌日、アレクシスは妻の看病と称して仕事を休み、町に出た。思った通り、町には王女失踪による捜索のお触れが出ていたので、近くに立っていた城の兵士に窮状を知らせる手紙を無言で渡す。そのまま家に帰り、ステファニーにずっとつき添っていた。アレクシスはついに決意したのだ。自分が罪人になろうと、ステファニーの命は守ろうと——。

その日の夜、玄関のドアが荒々しく叩かれた。

誰だかは想像がついたが、念のためアレクシスは剣を取り、身構えつつ玄関に向かう。

「誰だ？」

誰何(すいか)しても、返事はない。

新手の夜盗だったらいけないと、慎重にドアを開けた。

そしてドアの前に立っていた者たちを見て、わかっていながらもアレクシスは剣を取り落とす。

「団長……」

気が抜けたアレクシスの前には、聖ガードナー騎士団の団長、セオドアが立っていた。そのうしろにはコリンなど、見知った騎士団の面々が控えている。

「アレクシス、手紙を読んだぞ」

「…………」

アレクシスはいっときこそ剣を構えようとしたが、戦意はすぐに喪失した。ステファニーがあんな状態の中、とてもではないが一緒に逃げることなどできない。

「ステファニー王女は？」

厳しいセオドアの声音に、アレクシスは無言で玄関からどき、道を空ける。

するとセオドアがずかずかと家の中に入ってきた。命令が行き届いているのか、騎士団員たちは外に残る。かがり火の明かりから、多くの馬や馬車の姿が見えた。

セオドアは間もなくベッドに横たわるステファニーを見つけて、こちらを振り返る。

「どういうことか、きちんと説明してもらおうか」

セオドアは明らかに怒っていた。自分たちが忠誠を誓う大事なサムウェル王家のステファニーをこのような状態にしたことに、心から憤っているのだろう。

当たり前だと、アレクシスは自分のふがいなさにひとり苦笑するしかない。諦めたように力なくその場に座り込む。

「……流行病らしいです」

「流行病、だと？」

セオドアがステファニーの苦しそうな顔を覗き込んだ。

「姫さま、姫さま。いまセオドアがまいりました」

ステファニーの答えはない。

アレクシスは、このまま起きないでいてほしいと思ってしまう。自分の情けない姿を、ステファニーには見せたくなかったからだ。

「見たところ、発症して間もなさそうですので、すぐに王宮にお連れしてお薬を処方してもらえば間に合うでしょう」

眉を下げ、セオドアがベッドの横で膝をつく。

「姫さまをお守りする立場の騎士団の到着が遅れ、誠に申し訳ございませんでした」

「…………」

アレクシスは何も言えない。

セオドアの言葉は続いた。

「でももう安心です。俺たちが必ず、姫さまを無事にお父上の元にお届けいたします。陛下もエドワール王子もたいそう心配なさっておいでです。一刻も早く、元気なお顔をお見せになってください」

それだけ言うと、セオドアはさっそく部下に指示を出すため、玄関に戻っていく。途中うつむいたアレクシスとすれ違うも、道ばたに転がった石にように無視した。

「急いで姫さまを馬車に！　病を患われているから、慎重に運ぶようにしてくれ！　あと、ふたりが見つかったという早馬をすぐに王宮に出すように！」

はっ!!　という騎士団員の敬礼が見えるようだった。かつては自分もその中にいたことが、いまは遠い昔に感じられる。

「それから罪人は縄で繋いでおけ！　ぜったいに逃がすなよ！」

罪人が自分を指すことは、とうにわかっていた。ステファニーに誘われたと言っても、最終的に了承し、連れ出したのはアレクシスなのだ。クリフトン王やエドワール王子からしても、悪いのはアレクシスだけということになるだろう。

しかしアレクシスは最後に気力を振り絞って立ち上がり、後生だからとセオドアに願い出た。

「だ、団長！」

「……なんだ？」

セオドアの声は冷たい。団長と呼ぶなと言われなかっただけまだましだったが、アレクシスはここでくじけるわけにはいかなかった。

「どうか、王宮に帰るまでステフの傍にいさせてくれませんか!?」

信じられないとばかりに、セオドアが目を大きく見開く。

「貴様、この期に及んで――」

「わかっています！　罰ならなんでも受けますから！　最後だけ、最後だけは彼女と一緒にいさせてほしいんです！」

「ステファニーさまは意識がない。貴様がいたところで何も変わらない」

「変わります！」

しかしアレクシスは負けずに食ってかかった。

「ステフは途切れ途切れですが、意識を取り戻します！　そのときに俺が傍にいないと……！　もし異変を感じてしまったら、彼女は何をするかわかりませんよ!?」

「……それは一理あるが、しかし――」

セオドアは悩んでいるようだ。

もう一押しだと、アレクシスは言い募る。

「ステフには医師の元に向かっていると嘘をつきます！　だから、最後は傍にいさせてください……！　どうか、団長、どうか――っ!!」

アレクシスが土下座せんばかりに頭を床につけると、うしろからおずおずとした声がかかった。

「団長、そのぐらい許してあげてほしいっす」

コリンが申し訳なさそうに口を挟んでくる。

「副団長の言う通りっす。ステファニー王女がもし王宮に戻るとわかったら、最悪舌を噛み切るとか言い出しかねないっすよ。だから彼女の傍には副団長がいたほうが、確実に王宮にふたりを届けられるっす」

「………………」

セオドアはしばらく考え込んでいたが、ややあって大仰に溜息をついた。

「コリンの言う通りだな。アレクシス、馬車ではステファニーさまの傍にいて差し上げることを許す。ただし縄で繋いだ上でだ。それは譲れん」

「わかっています。ありがとうございます……！」

アレクシスが礼を言うと、セオドアが先に家を出ていく。

安心したアレクシスはコリンにも礼を述べた。

「コリン、ありがとうな。おかげで助かった」

弱々しくも微笑みかけたが、しかしコリンの顔は厳しい。

「お礼なんか言われる筋合いないっす。オレ、副団長には失望してるっすから」

「………………」

そしてコリンもセオドアに続いて外に行ってしまった。

アレクシスはひとり、この先何もなくなってしまうであろう自分の手のひらを見つめていた。

騎士団専用の高貴な馬車に揺られながら、アレクシスはステファニーの様子を窺っている。騎士団が用意してくれた解熱剤のおかげで、少しばかり顔色を取り戻したステファニーは、呼吸も安定してきていた。一時的な処置だったが、ステファニーが少しでも楽になっているかと思うと、アレクシスは初めてほっと胸を撫で下ろすことができた。

馬車の中には、アレクシスとステファニーしかいない。

しかしもちろん外は馬で並走する騎士団員に囲まれており、逃げ出す気などないが、とてもではないが看病以上にステファニーに触れることが許される環境ではなかった。

だからアレクシスは、ステファニーの手や頬に触れたい衝動を抑え、ただ彼女の容体を見ていることしかできない。それでもさすがに話しかけることぐらいは許されていたから、アレクシスは聞こえてはいないだろうステファニーに向けて、ひとり独白を続けていた。

「ステフ……短い間だったけれど、お前とふたりきりですごせた時間は、俺にとってかけがえのないものだった」

すうすうと寝息を立てるステファニーを、目元を和ませてアレクシスが見つめる。

「楽をさせてやれなくて、本当にごめんな。俺に甲斐性があれば、もっと違った未来になっていたかもしれないのに――。でも俺は、根っからの騎士だったらしい。炭鉱の仕事をしながらも、いつかまた剣が振れる日を、どこかで願っていた気がする……」

ステフ？　と、アレクシスはもう一度呼びかけてみた。

ステファニーの睫毛がぴくりと動くも、それだけで、彼女が目を覚ますことはない。

「俺はきっと、もう二度とお前の傍にはいられなくなるだろう。王宮へ戻ったら、おそらく罪人として公開処刑されるはずだ。だから最後に、お前にきちんと話しておきたくて、団長に無理を言ってしまった。コリンも助けてくれたんだが、まあ、俺の信用はなくなっていたんだがな」

くくくっと、ひとりでおかしくなり、アレクシスが喉で苦笑した。

「だからもう二度と、剣を振るうことは叶わないのだろう。でも俺がつらいのは、そんなことよりも――」

アレクシスは騎士団の監視の目を気にしながらも、ステファニーの頬にそっと触れたくて、手を伸ばそうとした。しかし腕が動かない。手首を縄で縛られていたことを思い出し、諦めたように笑う。

「もう、お前に触れることもできないのか……」

そのとき、ステファニーの寝言が聞こえてきた。「ううん」と、うなされているように、わずかに首を動かしている。

「アレク……アレク……っ」

にした。

最後に己の名前を呼んでくれただけでもよかったと、アレクシスは自分を納得させること

身を乗り出して話しかけるも、やはりステファニーは眠っているようだ。

「ステフ？」

「……ステフ、ありがとう。お前のおかげで俺は、すごく幸せだった。本当に本当に幸せだった。子供の頃から、ステフが傍にいてくれたから、俺は騎士になってお前を傍で守りたいと思っていたんだ。お前を守りきれなくて、本物の夫婦になる約束を破ることになって、本当に……本当にすまない――」

アレクシスの朱が差した鳶色の双眸が赤くなり、やがて潤んでいく。それは何に対しても冷静で動じることのなかったアレクシスが、大人になって初めて見せる涙だった。

「……ステフ、好きだっ……大好きだ……！　お前のことを、心から、心の底から愛してる！　たとえ処刑されることになっても、俺はお前のことを想って死ぬことを誓う……！　地獄に落ちても、お前を忘れないようにっ――。俺は……もし生まれ変わっても、そのときステフがほかの誰かと結婚していたとしても、お前のことを想い続ける……！　そして遠くから、お前を守るよ？　それだけはぜったいに約束する。ぜったいにだっ……!!」

アレクシスの目から、涙が次々と零れていく。馬車が揺れるたびに、水滴が床に散っていった。狂おしいほどの感情に、嗚咽が漏れる。

そんなことなどおかまいなしに、馬車はガタゴトと、王宮へ向けて走っていくのであった。

＊　＊　＊

ステファニーが目を覚ますと、こちらを覗き込む顔の多さにまずは驚かされた。

「え……？」

驚愕に目を丸くしていたら、さっそく脈を取られたり額に手を当てられたり、甲斐甲斐しく面倒を見られてしまう。

「あ、あのっ」

慌てて起き上がろうとするも、周囲の人間たちの強い力で押し戻された。

ベッドに仰向けになっていると、そこが見知った天井であることにようやく気づく。

「こ、ここは――」

愕然として口を開きかけたら、すすり泣きが聞こえてきた。

「姫さま……！　目を覚まされてようございました!!　一時は危なかったのですよ!?」

「シ、シンシア？」

やはりここは王宮だ。いったい自分が眠っている間に、何が起こったというのだろう。混乱しているステファニーに、医師が「もう峠は越えたでしょう」と告げた。

「峠？」

ステファニーが、わけがわからずきょとんとしていると、シンシアがことの次第を話してくれる。

「姫さまは流行病にかかっておられたのです。王宮には特効薬がありましたから、姫さまがご到着されてから、すぐに使わせていただいたのですよ」

「流行病……」

そこまで言ったところで、シンシアが言った「到着」という単語に戦慄した。

「私、私、どうしてここにいるの!? アレクは、アレクはっ!?」

「姫さま、落ち着いてください!!」

またもや起き上がろうとするステファニーを、シンシアと医師や看護師が押さえつける。

しかしステファニーは意識を取り戻したばかりにもかかわらず、声を荒らげた。

「落ち着いてなんかいられないわ！ いったい何があったの!? お願い、シンシア！ 隠さずに私に教えてちょうだい!?」

シンシアは周囲の人々を見回し、諦めたような医師のうなずきを確認してから、ゆっくりと口を開く。

「姫さまを運んだのは、聖ガードドナー騎士団の皆さまです。昨夜、姫さまは騎士団に連れられて王宮に戻られました。いまは、その翌日の朝です。お薬が効いてお目覚めになられるまで、時間がかかりましたので」

ご無事でよろしゅうございましたと、シンシアが心底安堵したように続けた。

「ここは、ご推察のように姫さまの私室です。先ほどまではクリフトン王やエドワール王子もいらしていたのですが、いまは食堂で朝食を摂っていただいております。すぐに衛兵に、姫さまがお目覚めになられたという伝言をお願いしたので、間もなくまたいらっしゃってくださるはずです」

「……それは、わかったわ。でも私が知りたいのは――」

「姫さま」

シンシアが強い口調で言葉を切る。

「姫さまが失踪されていた間、王宮は大混乱しておりました。エドワール王子が戦争も辞さないとおっしゃっていたので、ドリスコル王国は危機に見舞われていたのです。ですから姫さま……ステファニー王女、どうか国の、皆の幸せをお考えください。結局このような結果になるということは、これが姫さまの運命だったのです」

「シンシア……」

ステファニーは自分がいなかった間の国内情勢について、考えようともしていなかったことを思い出す。アレクシスとふたりで幸せを築ければそれでいいと、王女であるにもかかわらず、それを放棄して、目をつぶってきた。確かに反省するべきことだし、申し訳ないという気持ちも湧いてくる。それでもステファニーは、アレクシスを忘れることなど、とてもではないができるはずがなかった。

「シンシア、お願い……教えてちょうだい？」

「…………」

シンシアは苦渋に顔を染めてうつむく。

「シンシア、お願いよ……私、アレクがいないと、生きていけないの……っ」

「姫さま……っ」

やがてぼろぼろと涙を零しながら、シンシアは言った。

「アレクシスさまは現在、地下牢に投獄されております」

「と、投獄っ!?」

ぎょっとするステファニーに、シンシアはうなずく。

「残念ながらアレクシスさまは、ステファニーさまをさらったため監禁されました。そして長い時間、ステファニーさまを連れ回していた罪に問われることになるそうです」

「そ、そんなっ!?」

ステファニーは慌てて言い募った。

「私はさらわれてなんかいないわ！　アレクシスに駆け落ちを持ちかけたのは私のほうなのよ!?　監禁なんてっ……ただ一緒にいただけだわ！　連れ回していたなんて事実も無根よ!!それはシンシアにもわかることでしょう!?」

「姫さま……お願いです……！」

シンシアが手を組み、祈るような仕草で懇願してくる。

「これ以上、アレクシスさまに入れ込んではいけません。姫さまは、カスタニエのエドワール王子とご結婚されるのです。エドワール王子もこの間、ずっとドリスコルに残って姫さまをお待ちになっておられたんですよ？　とても素敵なお方ではございませんか。アレクシスさまとは、一緒にはなれないんです。どうか、どうか……それを受け入れてください！　姫さま、わたくしがどれだけ心配していたと思っておられるのですか！」

「…………」

ステファニーは口をつぐんだ。

「……わかったわ、シンシア。心配かけてごめんなさい」

「姫さま……！」

ようやくステファニーが神妙になったので、シンシアは心から安堵しているようだった。

「お父さまとエドワール王子は、ここに来てくれるのかしら？」

「はい！　きっと朝食などさっさと切り上げて、すぐに向かってきてくださるはずです。何せ、大事な娘であり大事な花嫁が、ようやく目を覚ましたのですから……！」

シンシアは涙に濡れた顔を拭いながら、微笑んでみせる。

いまはとにかくシンシアや医師たちの前ではおとなしくしていようと、ステファニーは殊勝に振る舞った。

「先生、看護師さん、夜通し面倒を見てくださってありがとうございました。おかげさまでここまでしゃべれるようになったし、身体もとても楽になりました」

「ですがまだ微熱はありますし、身体にも痛みが残っていると思いますから、どうかしばらくは安静になさっていてくださいね」

医師に言われ、ステファニーは素直にうなずく。

看護師はステファニーの礼に頭を下げて応えながらも、布団や枕を整え、彼女の額に載せた氷水を取り替えてくれた。ひやりとした感覚がとても心地よい。

だけどアレクシスがあの家で、濡れた手巾を使って面倒を見てくれていたときが思い出され、心が切なくなった。

そのとき、コンコンと急いたように自室のドアが叩かれる。

シンシアが跳び上がってドアに向かう。

「おそらく陛下とエドワール王子ですよ！　よかったですね、姫さま！」

「…………」

ステファニーはドキドキしながら、彼らの訪れを待った。

＊＊＊

「ステファニー!!」

クリフトンはドアを蹴破る勢いで、飛び込んだ。

「お父さま、心配かけてすみませんでした」

「いいんだ、もういいんだよ」

ベッドの横に張りつき、クリフトンは弱々しげなはかない娘を見下ろす。

「そなたはもう何も心配するな。ここでよく養生するように」

「はい」

クリフトンの言葉に、ステファニーからは笑みが零れる。

そこへうしろに控えていたエドワールが声をかけた。

「ステファニー王女」

「エ、エドワールさま……初めまして――」

ステファニーが硬い顔を向けると、エドワールの碧眼と目が合う。

エドワールはステファニーのベッドまで歩み寄り、クリフトンの横に並んだ。

「具合の悪いところ申し訳ないのだが、お聞きしたいことがある」

「は、はあ……」

クリフトンはステファニーと顔を見合わせ、お互いに不思議そうに小首を傾げた。

エドワールの顔は険しい。

「アレクシスという騎士と駆け落ちしたのは本当か？」

「——っ!?」

いきなりそんな責め方をされたからか、ステファニーが絶句した。

クリフトンも慌ててフォローに入る。

「エ、エドワール王子！　意識が戻ったばかりの娘に対して、あんまりではないかっ!!」

「しかし、クリフトン王。挙式をすっぽかされた上、一ヶ月も待たされた身としては、未来の妻が生娘かどうか確かめておく必要がございます」

エドワールのあけすけな発言に、部屋の中にいる一同がしんと静まった。

ごくりと唾を呑んだのは果たして誰なのか、それすらもわからない。

「…………」

ステファニーはうつむき、何も言えないでいるようだった。

そんなステファニーを、エドワールは無遠慮にもさらに追及する。

「どうなんだ？　ステファニー王女」

「ス、ステファニー……」

クリフトンの祈りも虚しく、ややあってステファニーは小さくうなずいた。その目には涙が浮かび、やがて頬を伝って枕を濡らす。彼女が未だにアレクシスに心酔していることは、誰が見ても明らかだった。

がっくりと肩を落とすクリフトンに対して、エドワールはきびきびと進言してくる。

「これでカスタニエは、ドリスコルを手に入れる口実ができました」

「そ、そんなっ……ま、待ってくれ、エドワールくん！」

娘にも言いぶんがあるのだと、クリフトンは懸命にエドワールを落ち着かせようと試みた。

それからステファニーに目を向け、いまならまだ間に合うとばかりに言葉を継ぐ。

「ステファニー、もうアレクシスのことは忘れるな!?　このままエドワールくんのところへ嫁に行くと誓うな!?　それをはっきり告げて、きちんと謝罪するんだ!!」

「…………」

けれどステファニーは人形のように無表情で、口を閉ざしたままだ。

クリフトンは泣きたい気持ちになった。

しかしここで、意外にもエドワールがとある提案をしてくる。

「どうやらステファニー王女はまだ回復していないゆえ、言葉にも不自由があるようだ。そこでどうでしょう、クリフトン王？　僕にくだんの騎士の公開処刑をさせてもらえないだろうか？　得意の剣を使わせてもらいたい」

「こ、公開処刑だと……？」

思いも寄らないことにクリフトンは開いた口が塞がらず、ベッドの上のステファニーは大きく目を見開いていた。

「確かにアレクシスには、何かしらの罰を与えるつもりだったが……彼は我が国が誇る聖ガードナー騎士団の副団長を務めているし、セオドアの右腕でもある……だから、さすがに死罪ということまでは――」

しどろもどろ言うクリフトンに、エドワールはきっぱりと宣言する。

「ならば、僕はカスタニエに帰り、このことを父上に報告します」

クリフトンはあわあわと慌てるしかない。

「そ、それだけは頼むっ……！　し、しかし、例えば君自身の手で、何かしらの懲罰を与えるだけでは――」

「それでは僕の気が収まりませんっ!!」

エドワールが全員に聞こえるよう、声を張り上げた。

「いいですか？　僕の花嫁の純潔が奪われたんですよ!?　僕はカスタニエの第一王子という

立場にあり、国の威信を背負ってここに来ています！　それをアレクシスという騎士は踏みにじったのです！　神だけでなく王や僕への冒瀆もいいところではありませんか!?　僕は彼をぜったいに許さない!!」

「――――」

しんと、再び場が静まるも、やがて小さな声が抗議する。

「……エドワール王子、私の不貞は本当に申し訳ございません。でも、それは私が望んだことで、アレクシスにはなんの選択肢もなかったんです。私が彼にそう命令しただけなんです。だからどうか、処刑だけは……命だけは、助けていただけないでしょうか……？」

懸命に立ち上がろうとするステファニーを、シンシアが止めようと奮闘していた。医師と看護師も駆け寄り、無理しないようステファニーを寝かせ直す。

しかしそんなステファニーの願いも、エドワールには届かなかった。エドワールはステファニーの言葉を無視して、クリフトンに再度向き直る。

「クリフトン王、決断のときです。僕を選ぶか、彼を選ぶか」

彼を選べばドリスコル王国は終わりですけどねと、不穏に続けられた。

だからクリフトンにこそ選択肢は存在しない。

「……わかった。アレクシスは明朝、公開処刑にする」

「お父さまっ!?」

たまらずステファニーがベッドから叫ぶも、クリフトンの意思はもう変えることができなかった。

「ステファニー、これはそなたがしたことへの罰でもある。厳しいことを言うようだが、背負った罪はお互い償わなくてはならぬ」

もっともらしいことを言われても、ステファニーはやはり納得できない。シンシアや医師たちに止められながら、上体を起こして必死に訴えた。

「私が、私が悪かったの！　アレクは悪くない！　私が駆け落ちに誘ったのよ！　ぜんぶ私のせいなの!!　お願いよ、お父さま、お願いっ……、アレクだけは、アレクだけは……！」

ステファニーがついにしくしくと泣き出したものだから、クリフトンがおろおろとうろたえてしまう。

けれどエドワールだけは、実に冷たい目でステファニーを見下ろしていた。

「……不潔な女だ。こんな女を正妻にするとは、我ながら笑えてしまう」

エドワールの豹変(ひょうへん)ぶりに、クリフトンがびくりと身をすくませた。

「エ、エドワールくん……な、何もそこまで言わなくても――」

「クリフトン王」

エドワールがきっぱりと告げる。

「あなたは娘に甘すぎです。もっとしっかりとした教育を施しておくべきでした。国同士の政略結婚ですから、僕はステファニー王女をめとりますが、彼女を一途に愛することは今後も期待しないでもらいたい」

ステファニーに冷たい視線を投げかけると、エドワールは先に彼女の部屋を出ていった。

残されたクリフトンは、頭を抱えたくなる思いでいっぱいだった。

＊　＊　＊

真夜中、ステファニーはこっそりベッドを抜け出した。体調が万全ではないのでやはりふらついたが、そんなことにかまってなどいられない。以前よりステファニーへの警備が厳しくなっているはずだったのだが、幸いこの夜は定期的に警邏する衛兵以外、誰も見当たらない。これなら衛兵の目をかいくぐれそうだ。

部屋を出て廊下を曲がり、地下牢を目指して階段を延々と下りていく。

暗い道中、足元に気をつけながらゆっくりと燭台を持って進んでいくと、やがて牢が並ぶ区画へ入った。アレクシスを探そうと入り口を照らしたとき、目の前に誰かが立っていることに気づく。

あまりに驚いたので、燭台を落としてしまう。カシャンという音とともに、消えた火による煙が周囲に舞った。

いっきに辺りが暗くなったが、目の前の相手が自身の持つ燭台に火を入れたようだ。ぼっと明るくなり、その顔が見えるようになる。

「セ、セオドア……」

震える声を紡ぎ、聖ガードドナー騎士団の団長の名を呼んだ。そこに仁王立ちしていたのは、厳めしい表情をしたセオドアだったのだ。

「ど、どうしてこんなところに——」

「それはこちらの台詞です、姫さま」

セオドアの声は厳しい。

ステファニーはびくりと身をすくめた。

「まだ快癒されておられないお身体です。どうかお部屋でしっかりとお休みください」

「でも、でも……」

もっともなことを言われるも、ステファニーとてここまで来て引き下がれない。

「私、アレクに話があるのよ……！　どうしても今夜、話さないといけないの！　そこを通してちょうだい……!!」

「ダメです、姫さま」

きっぱりと、セオドアが断る。

「警備を緩めておいたのは、わざとです。俺が姫さまを止めるからと、皆に言っておいたのです。シンシアも自分がお止めすると申しておりましたが、彼女は情に弱いところがあるので、俺が全責任を背負うことにしました」

「セオドア……」

セオドアは本気だ。でなければ、こんなところで自分を待っていたりしない。本気でステファニーを止めるため、地下牢の入り口でいままで待ち構えていたのだろう。シンシアと同じように、ステファニーが必ず来るとわかっていたのだ。

「……っ」

ステファニーは何も言えなくなってしまう。このままではステファニーは同じ過ちを繰り返し、エドワールをさらに怒らせる事態になってしまうかもしれない。クリフトンはきっと、それだけは避けようとして、完全無欠のセオドアをここに配置したはずだ。

「さあ、姫さま。ここは冷えます。俺がお部屋までお送りいたしますので」

「……いやよ」

ステファニーが小さく呟く。

「姫さま」

「セオドア――」

目を潤ませて見上げるも、セオドアにはやはり通用しない。アレクシスのことで怒っているのはクリフトンやエドワールだけではないということが、ありありと窺えた。彼も騎士団長として、部下の不始末に責任を持つ立場にある。

だけど今夜を逃したら、もう二度とアレクにもう会えないなんて、会えないなんて……私、死んでしまうわ。

「お願い、セオドア。アレクにもう二度とアレクシスに会えないのだ。生きる気力をなくしてしまうわ……」

ぽろぽろと、涙が次々に零れ落ちていく。

「アレクは、私のすべてなのよ……っ」

「わかります、姫さま。わかります。ですが、姫さまが行くべきところはここではありません」

頑な騎士団長を前に、ステファニーは反対に怒りが湧いてきた。

「わからず屋のセオドア！　じゃあ、私にどこへ行けと言うの!?」

どうせ部屋だと言われると思ったら、あり得ない台詞が返ってくる。

「エドワール王子のところです」

「え……？」

意外な答えに、ステファニーは思わずきょとんとしてしまう。

「ど、どうして、エドワール王子のところへ……」

「――姫さま。これから申し上げることは、どうかお心のうちにお留めください」

そう前置き、念のため声を潜めてから、セオドアが話し始めた。

「俺とてアレクシスを失いたくはないのです。アレクシスを救いたい。それができるのは、この城ではいま、あなたしかおられないのです」

「わ、私が――？　だ、だって最高権力者のお父さまだって……」

ステファニーが驚くと、セオドアは間断なくうなずく。

「確かにお父上はこのドリスコル王国の王ですが、お父上はいま、エドワール王子に逆らえません。カスタニエの力に屈してしまっているのです」

セオドアがうつむき、歯がゆそうに眉根を寄せた。

「どうかエドワール王子に、アレクシスの処刑を取り消すよう願い出てください。署名する時間も余裕もございませんが、我ら騎士団員一同、それを願っているのです。確かにアレクシスのしたことは許されませんが、命まで奪われる必要はないはずではないかと思っているのです」

「セオドア……」

ステファニーはぐっと拳を握り、袖で涙を拭いて毅然とセオドアに向き直る。

「私に、それができるかしら？」

「はい。むしろ姫さまにしかできません。〝犠牲〟になることは目に見えておりますが、姫さまこそアレクシスを救うことができるのです」

「…………」

〝犠牲〟という単語が、ステファニーの心に刺さった。騎士団にも贖罪(しょくざい)の気持ちがあったから、セオドアの言葉がより深く響く。おそらくエドワールは、ステファニーに何かしら要求してくるはずだ。しかしそれさえ乗り越えれば、嫁いで身体さえ差し出せば、アレクシスは生き延びることができる。それなら答えは簡単だった。

「わかったわ。私、やってみる」

「警備は俺がなんとかしますから、どうか、どうかアレクシスを――」

セオドアの声も詰まっている。よほど心苦しいのだろう。彼を救うのも自分の義務だと、ステファニーは改めて思った。

エドワールが泊まっているという客間の前に立ち、ステファニーは深呼吸していた。セオドアのおかげで、警備の者たちに引き留められることもなく、スムーズにここまで来ることができた。あとはドアを叩き、エドワールに会うだけだ。〝犠牲〟という単語がまた頭をちらつくも、アレクシスのことを想い、それを必死に振り払う。

「エドワールさま」

コンコンとドアをノックすると、間もなくエドワール本人がドアを開けてくれた。

「ステファニー王女、こんな時間になんの用だ？」

「………………」

自業自得ではあるが、身体のことなどいっさい気にかけないエドワールにわずかに失望しながら、ステファニーは意を決して口を開く。

「お話がございます。お部屋に入れていただいてもよろしいでしょうか？」

少しの間があったが、エドワールがドアの前から身体をどける。

「……かまわんが、淑女がいったいどういうしつけをされてきたんだ――」

額を押さえつつ呟くエドワールの前を通りすぎ、ステファニーは部屋の中に入った。エドワールが扉を閉めたところで、くるりと反転して彼と向かい合う。

「さっそくですが、単刀直入に申し上げます。アレクシスを許してください」

「何を言っているんだ、君は」

頭でもおかしくなったのかと、エドワールの顔が不穏に歪んだ。

「彼は明朝、処刑される身だ。この僕にそれだけのことをしたんだ、許せるわけがないだろう？　おとなしく諦めるんだな」

「取引させてください」

「取引？」

毅然と告げるステファニーに、エドワールが不服そうに眉を寄せる。

「いまさら僕となんの取引をするっていうんだ」

「あなたと結婚しますし、この先なんでもするということをお約束いたします」

「おい、ちょっと待て。結婚するのもなんでもするのも当然だろう？　君もそれだけのことをしでかしたのだから」

皮肉に口角を上げるエドワールを前にして、ステファニーは緊張からごくりと息を呑んだ。

「いいえ。もしこの願いを聞いてくださらないのでしたら、私はここで舌を噛んで自害いたします」

「なんだと？」

エドワールの眉がきつく寄る。

ステファニーが挑戦的に告げた。

「私が死んだら困るのは、カスタニエも同じなのではないでしょうか？」

「き、君は――」

怒りから、わなわなとエドワールの身体が震え出す。

ステファニーはくじけそうな気持ちを懸命に奮い立たせ、凛（りん）とした表情で続けた。

「バンフィールド大陸の平穏が保たれているのは、我がドリスコルが各国と姻戚関係を結んできたからです。もし私が死んだら、カスタニエは各国から見放されることにもなりかねませんよ」

きっと姉たちの力が働くはずだと、そのためのいまなのだと、ステファニーは訴える。カスタニエの王子のせいでドリスコルの姫が自害したとしたら、おそらく国際問題に発展するだろう。ステファニーの目論見通り、カスタニエは四面楚歌になる恐れがあった。父のクリフトンは、ステファニーが自害を考えるとまでは思っていなかったから、そこを見落としていたのだ。

エドワールは事態を重く見たのか、一転して態度を変えた。

「……なるほどな。君はなかなか、したたかなようだ。だが、悪くはない」

にやりとエドワールが笑ったので、ステファニーはびくっと身をすくめる。

エドワールはそんなステファニーをじっくり眺めるように、彼女の周りを回り始めた。

「あ、あの……」

「我が花嫁は、よく見れば美しい顔と身体をしているらしい」

「え――」

戸惑うステファニーに対して、エドワールは胸ポケットから何かを取り出す。それは薄桃色の液体が入った小瓶のようだ。

「それが、何か……？」

「これは媚薬だ」

「媚薬？」

ステファニーが怪訝に眉をひそめると、エドワールが笑った。

「どうやらドリスコルにはないらしいな。カスタニエでは裏から手を回せば、女を悦くするために、こういうものが手に入るのだ」

「そ、それをどうしろと？」

「どうしろと？　だと？」

エドワールがさらに甲高く笑う。

「ははは っ、さっきなんでもすると啖呵を切ったのは誰だ？」

「…………」

政略結婚がすべてだと思っていたが、これが〝犠牲〟の正体なのだと、ステファニーはようやく理解した。

エドワールが小瓶を差し出してくる。

「さあ、これをいますぐここで飲め」

「…………」

ステファニーに選択肢はない。震える手で媚薬の入った小瓶を受け取り、ステファニーはエドワールに問うた。

「これを飲んだら、私は、どうなるのです？」

「さあな。僕にいますぐほしいと、自ら股を開くのではないか？」

くくくっと、エドワールがいやらしく喉を鳴らす。

そんなことぜったいにごめんだと、ステファニーは小瓶を床に投げつけたい衝動に駆られたが、そんなことをすればせっかくの取引がおじゃんになってしまう。

「……では、私がこれを飲んだら、エドワール、アレクシスを助けてくれますね？」

キッと睨みを利かせるも、エドワールは怯まない。

「ふっ、無論だ。約束は守ってやろう。僕は紳士だからな」

どの口が紳士だというのかと言いたい代わりに、ステファニーは小瓶の蓋を開けた。相変わらず手が震えたが、心のうちでアレクシスのためだと言い聞かせる。

「さあ、飲めよ」

「わかっています」

にやにや笑うエドワールに促され、ステファニーはついに小瓶に口をつけると、薄桃色の液体を一息に飲み干した。瞬間、かっと身体が熱くなっていく。

「……っ」

「ちなみにその媚薬は特別製で、即効性があるのだ」

「――――」

頭ががんがんして、エドワールの声がよく聞こえなかった。

ステファニーは身体が熱くて熱くて、この場で服をすべて脱いでしまいたくなる。目がちかちかして、手足ががくがくと小刻みに震えた。あらゆるところが敏感になり、自分を抱き込むように床に倒れてしまう。

「はぁ、はぁ……！」

荒い息をつきながら顔を上げると、エドワールがシャツのボタンを外しながらこちらに向かってくるところだった。

「こ、来ないで……っ」

「なんだと？　なんでもするという約束だったではないか」

エドワールがおどけたように肩をすくめる。

しかしステファニーも負けてはいない。

「したわ！　私は媚薬を飲んだのよ！」

「なるほど。そうきたか」

エドワールはつまらなそうに鼻を鳴らすも、苦しむステファニーを余裕の表情で見下ろしている。

「だが、その威勢もいつまで続くことやら。すぐに僕に助けてくれと訴えてくるだろう」

「そんな、ことはっ……ぜったいに、ない、わっ」

しかしステファニーの身体は男を求め、じんわりと股間を濡らしていた。乳首はぴんと勃ち上がり、服に擦れて気分が悪い。あられもない姿で、あちこちをもっともっといじめ抜いてほしいという淫らな気持ちが湧き上がってきていた。

「僕は準備万端だから、いつでも乞え」

「くっ……!」

潤った秘部に触れたくなり、思わず手を伸ばしかけるも、それはエドワールにはばまれる。強く腕を取られ、「自分ですることは許さない」と釘を刺された。

エドワールの酒臭い息が顔にかかり、不快極まりない。けれどその唇やシャツから覗いた胸板には魅力を感じてしまう自分が、心底いやだった。

「傍に、寄らない……で――っ」

「僕が何をしようと勝手だろう? 約束は守ってやるのだから」

エドワールの声が、ぼんやりとどこか遠くに感じる。すべてを解放して彼に身を任せたらどんなに楽だろうと、悪魔のささやきが頭をよぎった。身体がほてって仕方ない。早くこの熱を冷まさないと、頭がおかしくなりそうだ。

「あ、ぐ……っ」

ステファニーが自分に耐えているとき、ふいに閉まったままのドアが外側から叩かれる。

「誰だっ!?」

いいところを邪魔され、エドワールが憤怒の形相で叫んだ。

するとこの状況とは正反対の、のんびりと間延びした声が返ってくる。

「坊ちゃん、お休みのハーブティーをお持ちいたしました」

「いらん！　下がれ!!」

「た、助けっ……」

思わず出た言葉は、しかし最後まで紡がれることはなかった。エドワールがステファニーの口を手で押さえたからだ。

「う、うぐっ」

万事休すと諦めかけるも、ドアの向こうから再び声がかかる。

「しかし坊ちゃん、これを飲まないと熟睡できないではありませんか」

「だ、だから、今夜はいいと言っているだろう!?　いいから下がってくれ！」

「カスタニエのお父上から、よく申しつけられているのです。坊ちゃんが不自由しないようにと、このセバスチャン——」

「セバスチャンっ!!」

怒りのあまりエドワールがわめくと、それが了解の合図だと取ったセバスチャンが遠慮会釈なくドアを開けた。幸いにも、鍵はかかっていなかったのだ。

セバスチャンはうずくまるステファニーと、横からその口と手を押さえるエドワールを見比べて、「ひぃ！」と情けない悲鳴を上げる。

「ぼ、ぼ、坊ちゃん！　よそさまの姫君になんてことを!!」

セバスチャンがエドワールからステファニーを守るように、助け出してくれた。「申し訳ございません、申し訳ございません！」とセバスチャンが必死な様子でステファニーに謝ってくる。

エドワールの顔は、怒りか羞恥か、とにかく真っ赤だった。

「その女は、僕の、妻だっ……!!」

「違いますよ、坊ちゃん！　まだドリスコル王国のお方です！　坊ちゃんはまだ結婚式を挙げてはおりません！　順序を見誤っては、国のお父上に顔向けができませんぞ!!　坊ちゃんっ!?」

まさにセバスチャンの言う通りだったのだが、エドワールは怒り心頭、次のように述べるのだった。

「坊ちゃんと、呼ぶな――――!!」

その隙に、ステファニーは部屋を抜け出していた。

はあはあと荒い息をつきながら、ステファニーはひたすら階段を下りていく。もうセオドアの姿はそこになかったが、牢番がいたので、身につけていた金のネックレスと引き換えに通してもらう。牢屋の入り口をすぎ、いまにも倒れそうな身体を支えながら、ずるずると部屋着の裾を引きずって、懸命にアレクシスのいる牢にまで辿り着く。

衣擦れの音に気づいたアレクシスが、思わずといった態で声を上げた。

「ステフ？　ステフなのか!?」

「アレクっ……!!」

ステファニーは牢に駆け寄り、格子状の柵越しにアレクシスとの再会を喜ぶ。

「ああ、あなた、無事なの……!?　ちゃんと食べているの!?」

「それはこっちの台詞だ！　具合はどうなんだ!?　呼吸がつらそうだ！　顔も赤いじゃないか!!」

燭台の火に照らされたステファニーの様子を見て、アレクシスが心配そうに叫んだ。牢番がいないので辺りは静かだった。アレクシスの声だけが地下に反響する。

「違う、私のは……病気じゃないのっ」

「何を言っているんだ!?　ステフ、お前は流行病で――」

「媚薬っ」

悲痛に唸るステファニーのおどろおどろしい単語に、アレクシスが敏感に反応した。

「なんだと……？」

ステファニーは格子に手をかけて、涙を流しながらアレクシスに訴える。

「エドワール王子に……媚薬を、飲まされたのっ」

「そ、それでステフっ、何をされたんだ!?」

恐怖におののくアレクシスは、ステファニーの手を握った。

ステファニーが握り返し、格子越しにふたりは手を組んだ形となる。

「何も、大丈夫っ……何も、されていないわ。助けがきて、それで、私はここへっ――」

たらりと、太ももを伝って蜜が零れ、床にぽたりと落ちた。

それに気づいたアレクシスが、こくりと喉を鳴らす。

ステファニーは涙目で、アレクシスに必死に訴えた。

「アレクっ……助けて――私、このままじゃ、つらい……っ」

「ステフ……」

アレクシスは眉を下げるも、覚悟を決めたように手を伸ばしてくる。

「おいで、ステフ」

「ああっ……アレク――」

ステファニーが身体を柵に寄せると、アレクシスが突き出した胸をまさぐってきた。

「あっ……んぅあ……!」

たったそれだけでいつもより感じてしまい、ステファニーの唇から甘い声が漏れ出る。

アレクシスはステファニーのガウンを避けると、部屋着のリボンを解いて彼女の乳房を露わにした。白い肌に赤みが差した乳房の先は、つんと物欲しげに尖っている。

ステファニーは格子の痕がつきそうなほど近くまで身体を寄せ、アレクシスにその先端を吸わせた。

「はぁっ……んあっ……やぁあっ……」

ちゅ、くちゅっと、唾液の音が真夜中の静かな牢屋内に響く。

「アレクっ……もっと、もっと強く……っ」

「…………」

ステファニーの懇願に応えるよう、アレクシスが乳頭を甘噛みした。きゅっと食まれた突起が形を変え、アレクシスの口内に卑猥に収まる。

「ひぁあっ……んんっ……そ、それ、いいのっ……！」

「ステフ……淫らなお前も、素敵だよ……」

はあ、はあと、アレクシスの呼吸も次第に荒くなっていった。

ステファニーは身体をよじり、気持ちいい場所をアレクシスに押しつけるようにして、自ら秘部に手を伸ばす。そこはすでに溢れ出るほど潤っており、蜜を垂れ流し続けていた。

「ああ……アレク……アレク……」

アレクシスが目の前にいるのに、アレクシスを想って自慰をしてしまう。そんな淫らな自

分に羞恥心を抱きながらも、なぜか止めることができない。これが媚薬の力なのだろうか。

アレクシスはそれに気づきながら無理にやめさせようとはせず、自らはステファニーの胸を攻め続けた。

「ふぁあっ……アレクっ……そこ、もっとして……っ」

「ステフ、ステフっ」

「アレク――」

潤んだ瞳でねだるようにアレクシスを見つめ、顔を寄せる。

アレクシスもまた同じように顔を寄せ、ふたりは久しぶりに唇を重ねた。

格子が邪魔で深いキスはできなかったし、アレクシスの唇の冷たさに悲しくもなったが、こうして再会できた喜びは快感に拍車をかける。

「はあ……アレク……私、あなたを救えたのよ……！」

「なんだって？」

アレクシスが信じられないとばかりに目を見開いた。

「もしかして、だから媚薬を飲まされることになったのか!?」

「ええ……ええ……でも、アレクのためなら、私――っ」

「なんて危ない橋を渡ったんだ！」

アレクシスはステファニーを叱ったが、彼女はそれどころではない。秘所に這わせる指先を、アレクシスはついに止めた。

涙目でステファニーが抗議する。

「アレクっ……なんで……!?」

「……俺がやる」

「えっ」

言うや否や、アレクシスは腕を格子から出し、ステファニーの部屋着の裾を持ち上げた。

「ステフ、これ、自分で持てるか？」

「え、ええっ」

言われた通りに両手で裾を持ち上げると、すかさずアレクシスの手が蜜まみれの秘所に触れる。

「ひぅうっ!?」

自分で触るのとはあまりにも違う快楽に驚き、ステファニーはびくりと身をすくませた。

媚薬の効力は最高潮のようで、あっという間に絶頂にのぼり詰められる気がする。

「ダメ、アレク、ダメぇっ……触ったら、ああっ」

「いいよ、いきなよ」

くちゅり、くちゅりと、ステファニーの秘部でいやらしくアレクシスの五指が動いた。淫芽をこりこりとこね回しながら、秘裂を指先でなぞっていく。

ステファニーは我慢の限界になり、間もなく身体を魚のようにびくつかせた。

「はうぁっ……あああっ……んんっ！」

はあはあと脱力するも、いつもなら収まる熱がまったく収まらないことに気づく。それどころかますます熱くなり、アレクシスの手淫を欲してしまう。

「アレクっ……私、まだ——んんんっ」

とろとろと零れていく蜜の量に自分でも驚いた。

アレクシスは蜜をすくい、ぺろりと舌で舐め上げる。

「わかっているよ。ステフが満足するまで、媚薬が抜けるまで、付き合うから」

アレクシスは今度は蜜口に指の腹をあて、ぐっと第二関節までいっきに挿入した。それから最奥のしこった部分を突くように、何度も出し入れを繰り返す。

「ああっ……アレクぅ……！」

「はぁっ……あうっ……んぅあっ……ああっ」

あまりの愉悦に顔をとろけさせながら、ステファニーはひたすらアレクシスの手淫に溺れた。絶頂はすぐにやってきて、再び身体をくねらせていってしまう。

「あああっ、気持ちいいぃっ！」

びくん、びくんとステファニーが仰け反るに従い、秘部から蜜が噴き出し、アレクシスの衣服を濡らした。

「ああ……ステフ、俺の指をこんなにおいしそうに咥え込んで……いくときは食いついて離さない……」

「そ、そんな、いやらしいこと、言わないでぇ……っ」

耳まで犯されているような気になり、ステファニーは羞恥に顔を染める。けれど身体は、まだまだアレクシスの愛撫を欲してたまらないのであった。

「まだ……まだ、苦しい、わっ……お願い、アレクっ……！」

「ああ、わかっている。お前はただ、俺に感じていればいい」

「アレク、アレクぅっ」

涙目でアレクシスを見つめ、ステファニーはさらなる快楽を求める。

こうしてアレクシスは彼女が満足するまで、ステファニーをいかせ続けたのであった。

五章　政略結婚と真実の愛

翌朝、玉座の間に姿を見せると、そこにはクリフトンとエドワールがそろっていた。ステファニーは開口一番、アレクシスの行方を尋ねる。今朝早く牢屋に行ったところ、アレクシスの姿がそこになかったからだ。

「アレクシスは無事に解放してくださったのでしょうか？」

するとクリフトンはエドワールと顔を見合わせ、ステファニーに向き直った。

「うむ。エドワールくんから処刑はしないでいいとの連絡を受けてな」

ステファニーはぱっと表情を明るくさせると、エドワールに感謝の眼差しを向ける。しかしエドワールのほうは忌々しそうにこちらを一瞥しただけだった。

「で、では、アレクシスはいまどこに？」

ステファニーが気を取り直して聞く。

クリフトンは「騎士団の寮の私室だ」と答えた。

「何も罰を与えないわけにはいかないから、しばらく謹慎処分にすることにしたのだ」

「そうですか。でも、よかった……！」

極刑が謹慎にまで減刑されたことにステファニーは心からの笑みを浮かべ、喜びを露わにする。

「………」

それが気に食わなかったのか、エドワールはきつく眉根を寄せていたが、ややあって思いついたように口を開いた。

「それでも君は僕の妻になるんだ。約束は覚えているだろうな？」

ふふんと鼻で笑うエドワールに軽蔑するような視線を向け、ステファニーはうなずく。たとえ卑劣な男の妻になることになっても、アレクシスを助けられたのであればそれでいいと、ステファニーは覚悟を決めていた。

強情で頑ななステファニーに業を煮やしたのか、エドワールがある提案を持ちかける。

「クリフトン王、僕に考えがあるのですが」

「な、なんだね、エドワールくん？」

クリフトンは構えていた。二転三転するエドワールだから、今回も何を言われるのか緊張したのだろう。

威風堂々と、エドワールが進言する。

「アレクシスは極刑に値する罪を犯しています。何せ、この僕の妻を穢(けが)したのです。だからどうでしょう、結婚式の余興として僕と公開決闘をしようではありませんか?」

「……っ!?」

ステファニーはエドワールの心のうちが読めず、愕然と目を見開いた。

クリフトンもさすがにこれには驚かざるを得ない。

「こ、公開決闘とは穏やかではないな……そ、それにアレクシスは我が国が誇る聖ガードナー騎士団の副団長を務める男なのだ。実力は団長のセオドアにも匹敵する。いや、技量だけなら国一番かも……そ、そんな危ないこと、とても許すことなど——」

「僕も剣には覚えがあるのです。ですから、ご心配には及びません」

余裕で答えるエドワールを前に、クリフトンとステファニーは目を見合わせて戸惑っていた。

「ただひとつ条件が」

「………」

その言葉にいよいよきたなと、ステファニーが密かに思う。この男がなんの条件もなしで公開決闘など申し出るわけがないのだ。

「ふむ、どういう条件だね」

クリフトンが話を促すと、エドワールはこのときを待っていたとばかりに告げる。

「決闘は互いに真剣を使い、殺してしまっても罪には問われないことにしていただきたい」

「――――」

ステファニーはクリフトンとともに絶句した。つまりどうあってもアレクシスを生かしておく気はないのだとわかり、心穏やかではいられない。

クリフトンがおろおろと言う。

「し、しかし、それではエドワールくんまで命が危なくなるではないか！」

「それには及びません。なぜなら僕は負けないからです」

どこからそんな自信が湧いてくるのか、エドワールは相変わらず余裕の表情でそう続けた。

「ああ、もう一個条件を足してもかまいませんよ。もし僕が負けるようなことにでもなったら、ステファニー王女との結婚は帳消しにしていただいてもいいでしょう」

「っ!?」

さすがにこれには、ステファニーもクリフトンも開いた口が塞がらない。大国の王子ならではの放言だ。

ステファニーのほうは、なぜそこまでエドワールには自信があるのか、そこを疑っていた。

「そ、そんな約束をして、本当にいいのか？　エドワールくん」

心配そうに聞くクリフトンにも、エドワールは余裕の表情で応じた。

「もちろんです。カスタニエの誇りにかけて、約束は必ず守りましょう」

エドワールは自信満々にそれだけ述べると、さっさと玉座の間を出ていってしまう。

残されたステファニーとクリフトンは、困惑してその背中を見送っていた。

＊　＊　＊

客間の私室に戻ったエドワールを、セバスチャンが温かく迎える。いつエドワールが戻ってもいいよう、彼は茶の準備をしていたところだった。

「坊ちゃん、お帰りなさいませ。いろいろございましたが、最終的に昨日はご立派でございましたね。お父上がお聞きになったら、さぞお喜びに――」

「セバスチャン、いよいよ〝あれ〟を使うときがきた」

「っ!?」

ガシャン！　と、音を立ててティーポットが床に落ちる。

「ぼ、ぼ、坊ちゃんっ……〝あれ〟ばかりはおやめになっていただきたいと、わたくしは口を酸っぱくして申し上げてきたではありませんか！」

セバスチャンは慌てて言い継いだ。

「第一、あんなものいったいどうするのです!?　もしばれたら、カスタニエの沽券(こけん)に関わってきますぞ!? 死人が出ます!!」

「う、うるさい!! 結局、媚薬のほうだって使ったんだ! 〝あれ〟だって使ったっていいだろう!? 僕は王子だぞ!」

「……っ」

権威を振りかざすエドワールに、はあっとセバスチャンは涙目で溜息をつく。

「お父上のお耳に入るようなことがあったら、このセバスチャン、坊ちゃんをお守りするために職を辞すことになるかもしれませんっ……」

「もしそうなったとしても、僕はやらないといけないんだ――!」

エドワールの決意は固い。

セバスチャンはそれでもエドワールを止めようと、最後まで抵抗した。

「何があったのです? 〝蠱毒(こどく)〟を用いらなければいけないほどのことなど……!」

蠱毒とは東洋からもたらされた、死を招く毒薬のひとつだ。

「それは――」

エドワールのドリスコル王国への新たな提案に、セバスチャンは愕然とするしかない。

「なぜ、そのようなことを……!?」

「思いついてしまったんだから、仕方ないだろう!?」

「お父上がお聞きになったら、さぞお嘆きに――」

「うるさい、うるさい！　さっさと蠱毒を持ってこいっ!!」

「…………」

セバスチャンは泣く泣く、胸ポケットから薄緑色の液体の入った小瓶を取り出し、エドワールに向けて差し出した。

それを奪うようにして、エドワールがひったくる。

「これをアレクシスに使えば……万全の状態で戦うことなど不可能だ……！」

「……それで勝利なさって、坊ちゃんは何を手に入れられるのですか？」

ハンカチを目に当てながら問うセバスチャンに、エドワールがなんてことないように言った。

「何を言っている？　ステファニー王女と僕のプライドに決まっているだろう？」

「…………」

進歩と成長のない王子に、セバスチャンはもう何も言葉が出てこない。剣の腕も知識も充分なのに大事なところで判断を誤る王子に、悲嘆に暮れていたのだ。物事と素直に向き合うことさえできたら——と心のうちで思う。

そんなセバスチャンに、エドワールは念押しするのだった。

「いい加減、坊ちゃんはやめろよな」

＊　＊　＊

王子の客間の前で〝蠱毒〟という単語を聞いたのは、さすが情報屋というべきか、今日も今日とて王宮で油を売っていたコリンだった。顔面蒼白になり、ばれないうちに急いでその場を離れる。

「やばいっす、やばいっす!!」

コリンは急いで、騎士団の寮を目指した。

途中、訓練場を通りかかり、セオドアにきつい声をかけられる。

「おい、コリン！　また訓練をサボってどこに行っていたんだ!?　今日は剣と盾の手入れを――」

「それどころじゃないっすー!!」

「貴様！　規律違反だぞ!?」

怒り狂うセオドアを巧みにかわし、コリンはアレクシスが謹慎する寮の私室に向かった。

「副団長！　副団長!!」

ドンドンと激しく扉を叩くと、中から鈍い声が聞こえる。

「……コリンか。俺はいま謹慎中だと知っているだろう？　面会はできん」

「そんな場合じゃないんすよっ!!」

とんでもない慌てようの部下にさすがにアレクシスも驚いたのか、彼はドアを開けてくれた。

「副団長!!」

「うわっぷ」

コリンはいきなり抱きつき、まずはアレクシスの無事を喜ぶ。

アレクシスに無理やり剝がされたコリンは、急いでことの次第を伝えた。

「公開決闘に、蠱毒、だと？」

コリンの切羽詰まった説明を吞み込んでくれたらしい。アレクシスがきつく眉根を寄せた。

コリンは急いでつけ足す。

「決闘に副団長が負ける心配はしてないっす！　問題は相手が蠱毒を使って、副団長を弱らせ、死に至らしめようとしていることなんす！」

「……なるほどな」

アレクシスが険しい顔で呟いた。

とにかくこの情報を伝えられたことに、コリンはひとりほっと安堵する。

「ちゃんと忠告はしたっすからね！　間違っても出所のわからない食事や飲み水には手出ししないでくださいっすよ！」

「わかった。助かった、コリン」

「副団長……！」

初めて情報屋？　としての自分を褒められ、コリンは感激した。

「じゃあオレは、団長が来る前に訓練に戻るっす！」

慌てて踵を返そうとしたコリンに、アレクシスが急いで言葉をかける。

「コ、コリン！」

「なんすか？」

くるりと振り向くと、アレクシスが悲痛そうに顔を歪めていた。

「もし俺が勝ったら、ステフは、ステファニーは本当に結婚せずにすむのか⁉」

「…………」

コリンは一途な愛を目の当たりにして、眉を下げて笑う。

「その通りっす」

「そうか――」

アレクシスは何か深く考えているようだ。

もう自分の出番はここまでだろうと、コリンは静かにその場をあとにした。

＊　＊　＊

いよいよ結婚式の当日がやってきた。空は晴れ、風は緩やかに吹くだけだ。

私室で支度を整えたステファニーを見て、シンシアが涙ぐんだ。

「姫さま……とてもおきれいです！」

ステファニーは、自嘲気味に笑う。

「でもこれ、エドワールさまの命令なのよ？　君は純潔じゃないから、白は着るなっていう」

その通り、いまのステファニーは仕立てたばかりの薄い紫色のドレスを着ていた。デコルテの部分がV字に開き、裾にところどころプリーツの入った凝ったデザインになってはいるが、これは間違いなくウェディングドレスとは呼べない。ヴェールだけはさすがに見栄えのためにも白のレースで編み上げられているが、これに文句をつけてくるかもしれないと、ステファニーは思っている。

「ステファニーさま……」

シンシアが悲しそうに微笑んだ。

「ご結婚、破談になることをお祈りしております」

「そんなこと言っていいの、私の侍女が？」

くすりとステファニーが笑うと、シンシアも一緒になっていたずらっぽく片目をつぶる。

「公開決闘では、必ずやアレクシスさまが勝利なさるでしょう。そのドレスを着た姫さまの隣に並ぶのは、間違いなくアレクシスさまです」

シンシアの予言に、ステファニーは素直にうなずけなかった。

「姫さま？」

「ああ、うん。そうね、ありがとう……でも――」

「エドワールさまのことですか？」

「ええ」

ぜったいにエドワールは、アレクシスに何かするに決まっている。いや、すでに何か手を打ったあとかもしれない。そう思うと、いてもたってもいられないのだが、ステファニーにはもう闘技場に行くことしか許されていなかった。

「アレクが無事だといいのだけれど……」

心配そうにうつむくステファニーの乱れた髪を、シンシアが横から整え直す。

「姫さま、アレクシスさまを信じましょう」

「ええ、ええ。そうね……」

ステファニーが不安げな顔を上げると、コンコンと扉が外側から叩かれた。

シンシアが手荷物を確かめ、急いで応対に向かう。

「姫さま！　お迎えの兵士もまいりましたので、闘技場へ向かいましょう！」

「わかったわ」

大丈夫よね、アレク？　そう心のうちで問いかけながら、ステファニーはシンシアとともに部屋を出た。


闘技場には一般人も入り、観覧席はにぎわいに満ちていた。本当は客など入れる必要はなかったのに、エドワールたっての希望ということで、急遽城の者たちだけでなく城下の民も入れたのだ。エドワールはどうやら、この場をアレクシスの公開〝処刑〟にするつもりらしい。真剣を掲げ、威風堂々と闘技場の入り口から現れた。

ステファニーの婚約者ということで一応の歓声が上がるも、皆の期待はやはりアレクシスにある。アレクシスが今日も騎士団の黒の甲冑を身につけて姿を現すと、エドワールより三倍も四倍も大きな歓声が響き渡る。

エドワールは必死に剣を上げて注目を浴びようとしていたが、ただ佇むアレクシスの存在感にも勝てていないようだ。きぃっと、悔しそうに地団駄を踏んでいる。

貴賓用の観覧席から、ステファニーははらはらとふたりを見つめていた。

互いに鋭い剣先を横から上に向け、騎士としての挨拶を交わしている。

そしていよいよ決闘が始まった。

エドワールとアレクシスは距離を取りながら、盾を構え、徐々に間を詰めていく。

キン！　と、最初の一打が鳴った。

「アレク……！」

ステファニーから見るアレクシスの様子は、至って冷静で、平素と変わらないように思える。

隣のシンシアも同じ意見なのか、ステファニーにこっそりと耳打ちしてきた。

「アレクシスさま、エドワールさまには何もされておられないようですね？」

「え、ええ……いまのところは、だけど――」

いま無事だからと言って、決して安心はできない。いつどこからエドワールの伏兵が攻めてきてもおかしくないし、どんな小狡い手でアレクシスを罠にはめようとするかわかったものではないのだ。それだけエドワールには信用がなかった。

両者は互角に戦っているようで、一進一退、押しては引いてを繰り返している。

「それにしても、エドワールさまは本当に剣に覚えがあったのですね」

驚いたように、シンシアが呟いた。

ステファニーもこれには驚きを隠せない。

「そうね。アレクと真っ向から戦っているんですもの」

エドワールが強いのか、アレクシスが様子見で手を抜いているのか、それはさすがにステファニーにもわからなかった。

＊　＊　＊

ちくしょう！　なんて剣の使い方がうまいやつなんだ！　と、エドワールは胸中でアレクシスをののしっていた。

「くっ……！」

右へ振れば右へ、左へ振れば左へと、自分の心を読んだかのように、実に簡単に剣を合わせてくる。

しかもアレクシスはまったく疲れていないのか、こちらが息も絶え絶えなのに対して、涼しい顔をしていた。無表情で何を考えているかわからなかったが、ステファニーを自分の手に取り戻したいという、執念みたいなものは確実に伝わってくる。

「それだけは、それだけはさせてやるものか……！」

キン！　キン！　と、エドワールは盾を使って、アレクシスの巧みな剣さばきをなんとかかわしていく。

決して手を抜いているわけでも様子見でもなく、アレクシスが本気でかかってきていることはわかった。けれど真剣なので、一歩間違えればカスタニエの王子を殺してしまうことになりかねない。だから決め手に欠けている、そんな印象を受けた。

くそ！　くそ！　この僕が手加減されているなんて!?　エドワールの心のうちはまったく穏やかではない。

おかしい。確かにアレクシスの食事と飲み水には、これまで蠱毒を混ぜさせ続けてきたのに。どうして弱っていないのか、エドワールにはわからない。

「セバスチャンのやつ、しくじったなっ!?」

それとも良心の呵責からやらなかったのか。己の執事に難癖をつけることに夢中で、アレクシスの大きな一振りをすんでのところでかわす。

アレクシスは先ほどから彼にしか聞こえないエドワールの独白を耳にしているはずだが、何も言うことはなく、ただこちらを攻め続けてきていた。

こうなったら、最後の手段だ……!!　エドワールはあまりの疲労から苦悶に顔を歪めつつも、にやりと口角を上げる。

それに気づいたアレクシスが、不思議そうに目をみはった。

「ふふふっ……これで終わりだ、アレクシスっ!!」

エドワールは盾を放り出すと、捨て身の攻撃でアレクシスに向かって突っ込み、彼の鎧に隠れていない右腕を狙って剣を突きつける。鋭い剣先が、アレクシスの右腕をかすめた。

アレクシスが負傷した右腕を押さえ、エドワールはその勢いで地面に転がる。

「勝った、勝ったぞ────!!」

仰向けに倒れたエドワールの咆哮が、闘技場に響き渡った。

エドワールは自らの剣先に、蠱毒を塗り込めていたのだ。だから少しでも傷をつければ、アレクシスは弱るか、最悪死に至る。ゆえにエドワールは、勝利を確信していた。


ざん！　と、鋭い音が耳を打ち、エドワールは目を丸くして頭上を仰ぐ。空を背景に、アレクシスの顔がこちらを覗き込んでいるのが見えた。

瞬間、すさまじい歓声が、闘技場を埋め尽くしていく。

「？」

エドワールには、何が起こったのかわからない。

「僕は……勝った、のでは……？」

呆然とした呟きに答えたのは、アレクシスの声だった。

「すみません、王子。この公開決闘は、俺の勝ちです」

アレクシスはそう言って、自らの兜を脱ぎ捨てた。

「なん、だと……？」

アレクシスは倒れたままのエドワールに、先ほど撃ち抜いたばかりらしいエドワールの兜を見せる。

「っ!?」

エドワールは、ようやく状況を理解した。

自らの剣先は確かにアレクシスの右腕をかすめたが、致命傷になったわけではない。そうして倒れたところで、アレクシスが頭を貫く代わりに自身の兜を貫いたのだ。

勝負の行方は、誰から見ても明白だった。

「ふ、はは……そうか、そうか……」

ゆらりと、エドワールが起き上がる。しかしその目は決して敗者のものではなく、不穏に赤く、ぎらついていた。

「いいだろう、アレクシス。この公開決闘の勝利と、ステファニー王女は譲ってやろう」

「…………」

あまりにおかしく見えるらしい自身の様子から、アレクシスは黙っている。

エドワールは「あははは！」と高笑いしながら続けた。

「だが、それもあと数分のことだ」

「……どういうことです？」

「君の右腕」

エドワールがにやにやと、ある箇所を指さす。

アレクシスが、服が破れた自身の右腕に目を向けた。

「その傷には、まさに蠱毒が回っている。それはあと数分で全身を冒し、君を死に至らしめるはずだ……！」

驚いたアレクシスが目を丸くしていると、彼の勝利を確信して観覧席から走ってきたらしいステファニーが悲鳴を上げる。

「な、なんてことをしたの!? エドワール王子、あなた、最低だわ!!」

人間としていちばんしてはいけないことだわ！　と、いまにも泣き出しそうだ。

どうやらステファニーもすべてを聞いたらしい。

これは愉快だと、エドワールが皮肉に笑う。

「最低だろうとなんだろうと、君たちがここで引き裂かれる姿を見られることは、勝利よりも甘い美酒さ……ふふふっ」

「アレク！　アレクっ!?」

ステファニーが、アレクシスの右腕に縋った。

アレクシスもしゃがみ込み、自身の傷の様子を窺う。

「ふふふ、はーはっはっはっはっ!!」

大きく笑うエドワールは、間もなくアレクシスの苦悶する姿を拝めると思っていた。しかし、アレクシスがいつまで経ってもつらそうにしないので、いささか不思議になる。一転笑いを収め、怪訝そうに、ふたりの様子を見つめていた。

「アレク、早く、腕を出して、早く！」

「ステフ、落ち着け、俺は大丈夫だ」

ステファニーが鎧を脱ぐのを手伝い、アレクシスはチュニック姿になる。

「大丈夫って、あ――！」

ステファニーが傷口？　を見て、鋭い声を上げた。

エドワールも身を乗り出して、アレクシスが斬りつけられた場所を覗く。しかしステファニーと同じように「あ！」と声を上げることになってしまう。

なんとアレクシスは右腕に帆布製の包帯を巻いており、エドワールの剣先はその包帯を切っただけで、腕には達していないことがわかったのだ。これならば蠱毒は回りようがない。

「な、なぜ、君は……包帯など……まさか、僕の作戦が――」

「いいえ、知りませんでした」

アレクシスは毅然と言った。

「ここには以前、馬上槍試合でステファニー王女を庇ったときにできた傷痕が残っているんです。だいぶよくはなりましたが、まだ念のため包帯を巻き続けていたんです」

戦いに支障が出るといけないので……と、アレクシスが若干申し訳なさそうに続ける。

エドワールは全身蒼白になり、すべてが真っ暗になる気分に陥った。

「な、なんだと……っ」

がくりと、エドワールが膝をつく。

そこにいつの間にかやってきたセバスチャンが声をかけてきた。

「……坊ちゃん、わたくしどもの負けです。完敗です。ステファニー王女のことは諦めて、国へ戻りましょう？」

「くそ……くそ……っ」

エドワールは声にならない声で、地面を叩き続ける。

セバスチャンは、その背を優しく撫でた。

「坊ちゃん、もう一度やり直しましょう？　最初から正々堂々と戦いになればよかったのです。そうすれば後悔することもありませんでした。お父上も、きっとそういう坊ちゃんをお望みのはずです。人間、何度でもやり直せますから。どうか――」

「……坊ちゃんと――」

「はい？」

「坊ちゃんと呼ぶな……」

泣きながら、力なくエドワールが呟く。

セバスチャンは目尻にしわを刻み、快くうなずいたのだった。

「はい、エドワール王子」

＊　＊　＊

玉座の間に戻ったステファニーたちは、クリフトンと向かい合っていた。

「……ふむ。まさかエドワール王子が、そんな卑劣なことを裏でしていたとは――」

「そうなんです。媚薬も蠱毒も、カスタニエから持ち込まれたものでした」

ステファニーが先ほどから父王に報告している。

クリフトンは難しい顔で唸った。

「どちらも許しがたいが、まさか大事な娘に媚薬を用いるなど、言語道断だな」

「蠱毒も同じぐらい悪いことですわ、お父さま。アレクシスが死ぬところだったのですから」

「そうだな、うむ。アレクシスが何事もなく本当によかった」

クリフトンが目を向けた先には、膝をつくアレクシスの姿がある。

アレクシスは恐縮して、重々しくうなずいた。

「恐れ多いお言葉、ありがとうございます。ステファニー王女が助けてくれたも同然です。ここに傷を負っていなければ、包帯を巻くこともなかったのですから」

「アレク……」

ステファニーは眉を下げ、アレクシスを振り返る。本当にアレクシスに大事なくてよかったと、心から思っていた。ここに何事もなくいてくれていること自体が、まるで奇跡みたいだ。媚薬もそうだが、蠱毒とはそれほど恐ろしいものだった。

それにしてもエドワールの悪しき所業は許せるものではない。

そうクリフトンに訴えたら、彼はしぶしぶながらといった態で口を開いた。

「確かにエドワール王子のやったことは看過できぬが、しかしカスタニエとの関係が今後――」

「お、お父さま？」

まさかいまになってエドワールとの公開決闘の勝敗の約束を違えるのではと、ステファニーが危惧する。

そのとき、衛兵の代わりにシンシアが玉座の間に現れた。

「申し上げます、クリフトン陛下。伝言をお預かりしております」

「よい、発言を許す」

クリフトンの返答に、シンシアが告げる。

「エドワール王子とお付きのセバスチャンさまご一行が、先ほど我が国を出立いたしました」

「な、なんだとっ⁉」

驚くクリフトンに、シンシアは預かったという手紙を読み上げ始めた。

「〝クリフトン王、ご挨拶もなしにドリスコル王国をあとにすることをどうかお許しください。僕は戦いに負けただけでなく、精神的にも未熟なことがわかりました。国で一からやり直したいと思っております。つきましてはステファニー王女とアレクシスの幸せをお祈り申し上げます。カスタニエの父上にはよく言っておきますので、どうか両国の関係にご不安を抱かれませんよう……エドワール〟」

「…………」

一同はそれを聞き、目を丸くする。王妃も王太子も、王太子妃も、セオドアも副団長代理のコリンも、それぞれに顔を見合わせ、エドワールの変貌ぶりに驚かされていた。

「シンシア、その手紙をこちらへ」

「はい、陛下」

シンシアが手紙を渡すと、クリフトンは再読する。それから小さく溜息をつき、ステファニーのほうに向き直った。

「ステファニー、これでそなたの結婚は正式に破談となった」

「……っ!!」

ぱあっと顔を輝かせるステファニーだったが、クリフトンは厳しく「しかし」と続ける。

「アレクシスのやったことは、本来ならば謹慎処分ではすまされないことだ」

「そ、それはわかっておりますが、誘ったのは、お願いしたのは私のほう――」

「いいえ、すべては私の罪です。陛下」

ステファニーの言葉を遮り、アレクシスが申し出た。

皆の視線が、アレクシスに向けられる。

「私の勝手が、我が国に迷惑をかけたことに違いはありません。だから、これからも罰は死ぬまで受け入れるつもりです」

「死ぬまでって、アレクっ!?」

それではアレクシスは、死ぬまでステファニーとはもう関わらないと言っているようなものだ。

ステファニーは慌ててアレクシスを止めようとしたが、クリフトンがそれをとどめた。

「待て、ステファニー。この国の王であるわしから、直々に裁定をくだそう」

「………」

ステファニーは押し黙るも、ごくりと息を呑む。もしここでアレクシスと一生離れるようなことがあれば、果たして自分は納得できるのだろうかと考えていた。けれど駆け落ちをしたことで、皆に迷惑をかけたことは偽りのない事実だ。その罰は、ステファニーも一緒に背負っていかなければならない。

うつむくステファニーの目の前で、クリフトンがアレクシスに厳かに告げる。

「アレクシス。そなたの聖ガードナー騎士団副団長の任を解き、生涯ステファニーの専属騎士でいることを命ず」

「――――」

一瞬、場が静まり返った。

誰もがクリフトン王の下した命令の言葉はわかっても意味が理解できず、きょろきょろと互いに顔を見合わせる。

いちばん驚いたのは、当のアレクシスだった。

「へ、陛下っ……そ、それは――」

「なんだ、そなたはいやなのか？」

「め、滅相もございません!!」

アレクシスは平身低頭、頭を床につける勢いで叫ぶ。

「私は、私はっ……一生、ステファニー王女を守る盾となりましょう!」

「お父さま……!」

うるうると、ステファニーの瞳が潤んでいく。

クリフトンはついに、ふたりの罪を許してくれたのだ。その上でステファニーとアレクシスの変わらぬ愛を認め、これからも傍にいることを容認した。

「で、でも、どうして……」

震える声で呟くステファニーに、父王は目元を和ませて娘を傍に呼んだ。

ステファニーが玉座の前まで来ると、クリフトンが彼女の華奢(きゃしゃ)な手を取る。

「ステファニー、そなたの強い想いは充分に伝わった。アレクシスもまた、そんなそなたのために決闘に勝利し、そなたを手に入れる権利を有したのだ」

「お、お父さまぁっ」

思わず泣き出すステファニーに、クリフトンは苦笑した。

「ステファニー、アレクシスが好きなのだろう?　そなたは昔から、アレクシスと一緒にいたからな」

ステファニーはこくこくとうなずく。

「はい……はいっ、愛しているんです……！」

「ならば、その愛を貫くがよい。幸いにして、エドワール王子が去ったいま、そなたはどこの国にも嫁に行く必要がなくなった」

それからクリフトン王は「アレクシス」と、ひざまずいたままの騎士も傍に呼ぶ。

アレクシスは言われた通り玉座の前に赴き、ステファニーの隣に並んだ。アレクシスの朱が差した鳶色の瞳もどこか潤んでいる。

「アレクシス」

「はい、陛下」

神妙なアレクシスに、クリフトンは直球に聞いた。

「そなたもステファニーが好きなのだろう？　そなたも昔から、ステファニーと一緒にいてくれたからな。わがままにもたくさん付き合わせただろうに」

「……恐れながら、その通りでございます」

その答えを聞き、クリフトンの目尻にはうれしそうなしわが刻まれる。

「ステファニーを、娘を、これからも守ってやってほしい」

「……無論でございます！　私などがこれからも傍にいてもよろしいのでしたら、一生、いえ、たとえ死が訪れたとしても、来世もその次も、必ずやステファニー王女を幸せにしてみせますっ!!」

「アレク……!!」

ステファニーは感動して、もう目が見えないほど視界は濡れていた。

アレクシスもついに涙腺が崩壊したのか、その場に膝をついて涙する。

「申し訳ございません、陛下……！　今回のことは、本当に本当に申し訳ございませんでした……!!　もう二度と、ステファニー王女を危険にはさらしません！　私の、私のこの手で、必ずや幸せにすることを、心よりお誓い申し上げますっ……!!」

クリフトンは「うん、うん」と満足そうにうなずいていた。

「顔を上げよ、アレクシス」

「……はい」

アレクシスが涙に濡れた顔を上げると、クリフトンがさらに続ける。

「そなたの気持ちも充分に理解した。わしはそれだけでもう満足だ。これからもステファニーを頼むぞ」

「はいっ……はい！」

ステファニーはハンカチで涙を拭きながら、そっとクリフトンに尋ねた。

「で、ではお父さま、私たち、結婚――」

「それはまた別の話だ」

「うっ……」

そればかりはきっぱりと言われ、ステファニーは肩を落とす。

しかしクリフトンは、わずかながらも希望を残してくれた。

「この先、アレクシスがそなたを守り続け、ステファニーも変わらぬ愛を示し続けられたら、そのときは前向きに考えよう」

「お、お父さま!!」

がばっと、ステファニーは父王に抱きつく。

「はっはっは、甘えん坊め」

クリフトンが喜んで娘を抱き返したところで、その場からは自然と拍手が上がったのだった。

同席していた王妃のセレスト、王太子のサイラス、王太子妃のパトリシア、そしてセオドアとコリン、シンシアも感動して親子に拍手を送る。しかしその意味は、ステファニーとアレクシスを祝福するものでもあったことに、誰もが気づいていた。


その日の夜、私室で就寝の準備をしていたところで、シンシアが感慨深げに声をかけてきた。

「姫さま……本当に、本当にようございましたね」

「シンシア……」

ネグリジェの前を留めていたステファニーは、己の侍女に微笑みかける。

「ありがとう。あなたもずっと応援していてくれたわよね。本当に感謝しているわ」

「ずっとと申しますか……」

シンシアはどこか言いにくそうだ。

「一度は姫さまを連れ去ったアレクシスさまを憎んだこともございましたので、心から応援していたとまでは申し上げられないのですが――」

「でも、最後は私の気持ちを優先してくれたじゃない」

ふふふっと、ステファニーが笑う。

シンシアは苦笑した。

「確かに、その通りです。わたくしは結局、姫さまの味方なんです。姫さまが正しく幸せにおなりになるのであれば、それでいいと思っております。アレクシスさまなら、きっと姫さまをお幸せにしてくださるでしょう」

「ありがとう、シンシア」

ステファニーは枕を整えるシンシアの元に歩み寄り、彼女を抱き締める。

「ひ、姫さま?」

「シンシア、あなたがいてくれて、本当によかった。私が駆け落ちしたときも、お父さまや皆を前に懸命に庇ってくれていたと聞いたわ。クビになるか、死罪になっていたかもしれないのに……本当にごめんなさいね。そして、本当にありがとう……！」

「姫さま……!!」

シンシアもステファニーを抱き締め返し、ふたりはしばらく抱き合っていた。

そのとき、ステファニーの部屋のドアが叩かれる。

ふたりは不思議そうに目を見合わせ、抱擁を解く。こんな時間に誰だろうと、シンシアが迎えに出た。

「あら！」

シンシアが驚いたので、ステファニーもドアに向かう。

執事のうしろには、なぜかセオドアが立っていた。

「まあ、セオドア！　こんな時間にどうしたの!?」

「夜分遅くに申し訳ございません」

セオドアはまずは謝罪をしてから、用件を告げる。

「実は、ステファニー王女のお部屋の隣なのですが……」

「空き部屋だけど、それがどうしたの？」

きょとんとするステファニーに、セオドアは笑いを噛み殺すように続けた。

「今夜から、アレクシスの部屋となったのです」

「いま部下と一緒に引っ越しの最中でございまして、間もなく終わりますから、それまで少しうるさくなることをお許しください」

「ええっ⁉」

「そ、それはかまわないけれど、だ、だって……」

あまりに急な事態にステファニーが動揺していると、セオドアがいたずらっぽく片目をつぶってみせる。

「クリフトン陛下の粋な計らいです。専属騎士になるのだから、傍で守れということなのでしょう。ですからこれからは、ステファニー王女はアレクシスとずっと一緒にいられます」

ステファニーはからかわれたみたいに、かああっと頬を赤くした。

「も、もうセオドアったら！」

ふふっとセオドアが笑っていると、廊下から声が響いてくる。

「団長～、油売っていないでさっさと手伝ってくださいっす！　このままじゃいつまで経っても終わらないっすよ‼」

この声はアレクシスの部下、情報屋？　のコリンだろう。彼も今回のことでは一役買ってくれたと聞いていたので、ステファニーはとても感謝していた。コリンもアレクシスを守ってくれた立役者だ。

「ああ、いま行く！」

それでは失礼いたしますと、セオドアが去っていく。

廊下の向こうを覗きながら、ステファニーはクリフトンに心から感謝していた。

ドアを閉めると、シンシアがくすくすと笑っている。

「シンシア？」

「あ、いいえ、すみません！　今日は姫さまにとって、いいこと尽くめだと思いまして……」

「本当にね」

ふふふっと、ステファニーも思わず笑いが込み上げてきた。

ふたりで笑い合い、幸せを喜ぶ。

シンシアがふいに気づいたように、慌てて就寝準備に戻っていった。

「シンシア、どうしたの？」

きょとんとするステファニーに、シンシアはにやにやが抑えられないらしい。

「で、ですから、今夜はきっと――あ、いいえ！　なんでもございません！　とにかくしっかりと準備をしておきましょうね‼」

「ちょ、ちょっとシンシアっ⁉」

その意味に気づいて、ステファニーは慌ててシンシアに弁明する。

「そ、そんなことしないわよ！　ついさっき、ふたりの関係を許されたところなのよ⁉」

「ですが、陛下公認のことになりますので――」

シンシアは顔を真っ赤にして、布団をしっかりと整えていった。

「お父さま公認……」

頬を朱に染めながらも、ステファニーは呆然と呟く。

確かにクリフトンが部屋の移動までさせたのだから、そういうことに目をつぶってくれていてもおかしくはない。なんだかんだ言いつつ、クリフトンはふたりの仲を認めている。これならば、いずれ結婚も許してくれそうな気がした。

「終わりました！　ではわたくしはこれで失礼いたしますね！」

シンシアはそれだけ言うと、さっさと部屋を出ていってしまう。

「ま、待って、シンシア――」

しかし答えは、バタン！　という扉が閉まる音だった。

真夜中の寝室で、ステファニーは落ち着かなかった。隣部屋の引っ越しが終わり、アレクシスが入室したらしい気配があったからだ。ベッドに入るも、眠るどころではない。もしかしたらいまこの瞬間にもアレクシスが自室に訪れるかと思うと、いてもたってもいられない。

「そ、そんなわけないわよね……？　引っ越してきただけだもの。きっと引っ越しの疲れで寝ちゃうと思うし、もうこんなに遅いのに誰か来る気配もないし……」

すうはあと深呼吸しつつ、ステファニーはドアから目が離せなかった。

けれどドアはいっこうに叩かれる気配はない。

そうして時間は刻々とすぎていき、ステファニーにもようやく眠気が襲ってきた。

「アレク……」

すうっとステファニーが寝入ったところで、鍵のかかっていないドアが静かに開く。

ゆっくりとした足取りで、何者かが入室してきた。扉を閉め、鍵をかける。

彼は天蓋付きのベッドで眠るステファニーの前で膝をつくと、彼女の手を握り締めた。そしてその手の甲に、誓いのキスのように、静かに唇を落とす。

「んっ……」

ぴくりと、ステファニーのまぶたが動いた。けぶるような睫毛が上がり、菫色の瞳がぼんやりと天井を映す。

ふいに何者かの気配を感じて、顔を横に向けた。

「ア、アレクっ!?」

驚くステファニーの横には、アレクシスが膝をついて座っている。

「ど、どうして——」

「ステフ、真夜中にすまない。どうしてもお前の顔が見たくて……」

「アレク……」

ステファニーが上体を起こし、アレクシスに手を握られていることに気づいた。そして彼がまったく卑猥なことを考えているわけではなく、ただ本当に顔を見に来てくれたのだとわかり、うれしさに頬が緩む。

「おやすみ、ステフ」

アレクシスが微笑んだ。

「俺はすぐ隣にいるから、何かあったらいつでも呼んでほしい」

アレクシスは立ち上がり、ステファニーの手を離して帰ろうとするも、彼女のほうが離さない。

「ス、ステフ？」

「アレク、行かないで」

眉を下げ、ステファニーはアレクシスに懇願した。

アレクシスは狼狽する。

「だ、だがっ」

「お願い、傍にいてちょうだい。ひとりじゃ寂しいわ」

潤んだ瞳で、頼み続けた。

「こんな夜中にお前の部屋にいたら、また……」

「大丈夫。お父さまも公認なのよ」

ステファニーがセオドアのまねをして、いたずらっぽく片目をつぶってみせる。

え!? と、アレクシスが目を見開いた。

「お父さまもわかっていて、あなたを私の部屋の隣に移動させてくれたの」

「そんな……だが――」

まだためらうアレクシスの手を改めて取り、ステファニーはぐいっとベッドに引っ張り上げる。

「わっ!?」

アレクシスは転がり込むように、ベッドに倒れてきた。

ふたりは目を合わせ、久しぶりの感覚に照れ、互いに顔を赤くしてしまう。

しばらくは沈黙が流れるも、やがてアレクシスが上体を起こした。

「……かまわないのか?」

「もちろんよ、アレク」

ステファニーは微笑んでうなずく。

いまそれを望んでいるのは、ふたりとも同じだった。

「ああ、ステフっ!!」

がばっと、アレクシスがステファニーを抱き締める。

ステファニーもアレクシスの背に手を回し、ぎゅっといとおしそうに抱き締め返した。

「アレクっ……あなたが無事で、本当によかった!!　大好きよ、愛しているわ!!」

「俺もだ。俺も、お前が大好きだ……!!　これ以上にないぐらい、愛している!!」

どちらからともなく唇を重ね、口腔内で舌を絡ませていく。

ちゅ、くちゅっという唾液の音がステファニーの部屋で鳴り、静かな夜に反響した。カーテンを開けたままの窓からは、丸い月の青白い光が射し込み、幻想的な雰囲気を醸し出している。

「ふっ……ぁ……は、ぁあ……っ」

「ああ、ステフ、ステフっ」

アレクシスはステファニーの歯列をこじ開け、歯茎から口蓋まで丁寧に舐めた。

そのたびにステファニーは身体がぴくり、ぴくりと動いてしまい、もどかしげに腰を揺らしていた。

「んふっ……あ、アレクっ……は、んっ」

つうっと銀糸を引きながら、唇を離すと、情欲が灯（とも）った双眸がかち合う。

互いに互いがほしいということで、もうふたりに歯止めはかからなかった。

アレクシスはステファニーを押し倒し、枕にその頭を沈めさせる。横になったステファニーの薄衣を剝ぎ取ると、ネグリジェのリボンを性急に外していった。

「んっ……！」

あっという間に裸にされ、ステファニーが羞恥から顔を手で隠す。

その腕を、アレクシスがそっと外した。

「いまさら、恥ずかしいのか？」

くくっと喉で笑うアレクシスに、ステファニーはふるふると首を横に振る。

「恥ずかしいというより、皆に認められてこんなことするのが、なんだか新鮮で、うれしくて――」

「ステフ……それは俺も同じだ」

アレクシスは目を細めた。

それからステファニーの豊満な乳房に手をかける。

「あっ……!?」

アレクシスはすでに懐かしく感じていたステファニーの身体を、その手でじっくりと堪能した。片方の乳房を揉みながら、もう片方に口を寄せ、先端を舐めていく。

「ひぅっ……んんっ……あ、んぁ……！」

「ステフ……お前は相変わらずきれいだ……」

くちゅくちゅとわざと音を立てながら、アレクシスはステファニーの乳首をしごいた。そこはあっという間につんと尖り、硬く存在を主張している。

「もうこんなにして……俺の愛撫がそんなに悦いのか？」

「うん、うんっ」

ステファニーははあはあと息を荒くしながらも、こくこくとうなずいた。

「アレク、もっと、もっとして……っ」

「もちろんだ」

アレクシスは勃ち上がった乳頭をこりこりと指先でつまみ、押したり潰したり、その感触を楽しんでいるようだ。

「あぅっ……んぅっ……あ、んう……っ」

胸に刺激を加えられただけでじゅんと下肢が甘く痺れ、ステファニーは太ももをもどかしく擦り合わせる。

「そこももう触ってほしいのか？」

「んんっ……アレク、いじわるしないで……！」

「ふふ、わかったよ」

アレクシスは下へ下へと腕を伸ばしていき、ステファニーの足の間に手を入れた。和毛(にこげ)を越え、柔らかく温かな秘部に指先が達する。

「ふぁあんっ！」

びりびりとした電流に似た刺激に、思わず腰が浮いた。

アレクシスが指を動かすと、秘所からはくちゅりと淫らな水音が響く。

「キスと胸だけで、こんなに濡らしたのか？」

「え、ええっ……そんな、いやらしいこと——」

ステファニーは恥ずかしさから顔を背けるも、秘裂を割られ、肉芽を探し当てられたら、すぐに嬌声が上がってしまう。

「ひぁあん!!」

「すごいよ、ステフ……ここももう、硬く飛び出している……」

淫らな陰核をこりこりとつまんでいると、そこは次第に硬くなり、あっという間に存在を主張し始めた。

「ああっ……そこ、気持ちい、い、ああ、あんっ」

アレクシスは身体をずらして、ステファニーの足の間に自らの顔を入れる。そしてすっかり濡れたステファニーの秘密の花園を、温かく湿った舌で舐めた。

「ふぁああっ、あんっ、やぁ、舐めちゃっ……そ、そんなにしちゃっ」

「甘い……ステフは、やっぱり甘い。お前のすべて、俺のものだ——」

「アレクぅ……！」

蜜口に尖らせた舌を差し込み、くちゅくちゅと出し入れする。すると蜜壺からは、とぷとぷと愛液が溢れてくるのだった。

「ああんっ……そこはぁ……あ、ああっ、アレク、アレクぅっ」

「ステフ、ステフっ」

ふう、ふうと吐く息が秘部にもかかり、ステファニーの腰が浮く。

「あああ、も、もうっ、ダメ、ダメぇっ……！」

アレクシスはステファニーの蜜孔に舌の代わりに今度は指を二本差し込み、ぐっと第二関節まで沈めた。

「う、んぁっ、いいっ、ああ……それっ、んんんっ」

「どんどん溢れてくるよ、ステフ……！」

興奮気味のアレクシスは、指先を動かし、ずっくずっくとステファニーの最奥を刺激していく。

「あんっ、ダメぇ……このままじゃ、いっちゃうよぉ……！」

「いっていいんだよ、ステフ」

しかしステファニーは、なぜか必死にいやいやと首を横に振った。

「ダメなのっ……アレクと、アレクと一緒がいい、一緒がいいの……！」

涙目になり、ステファニーがアレクシスに懇願してくる。

アレクシスはそんなステファニーに感動したらしい。ずるりと指を蜜口から引き抜き、自らも衣服を脱ぎ捨てた。

互いに裸体になると、アレクシスは改めてステファニーに覆い被さる。

「ステフ……お前とひとつになりたい、いますぐだ」

「ええ、アレク……私も、私も、あなたとひとつになりたいわっ」

涙を零してうなずくステファニーの頬に口づけ、雫を吸い取りつつ、彼女の足の間に身体を入れた。それからステファニーの両足を抱え上げ、蜜口にすでに大きくなっていた屹立の先端をあてがう。

「ふ、ぅ」

期待の瞬間に、ステファニーが喉を鳴らした。

アレクシスが、ゆっくりと腰を沈めていく。

「んん、あ、ああ、ああああっ!!」

ず、ずずっと、アレクシスの剛直がステファニーの媚肉を割り、中を穿った。

ステファニーはこの感覚がいちばん好きで、甲高い喘ぎ声を上げてしまう。

「んんんぅっ、はぁあああっ!!」

「ふっ」

アレクシスは息を荒くしながら、最奥まで肉棒を入れ込み、ステファニーの子宮口をノックした。

「ステフっ……やっとひとつに、なれたな」

「ええ、ええっ……アレク、好き、好きぃっ」

ステファニーがアレクシスの背に腕を回し、素肌に爪を立てる。

アレクシスは腰を動かし、ずっく、じゅっくと音を立てながら、抽挿を開始した。

「ひぁあっ、あんっ、んぁっ、あ、んんぅっ」

「ああ、ステフ、ステフっ」

深く繋がるよう互いに互いを抱き締めながら、激しい律動を加えていく。

「あんっ、んんぅっ、ひぃうっ、はんっ、ああっ」

「ステフっ、好きだ、好きだっ」

アレクシスの亀頭は、ステファニーの奥の硬くしこった部分を突いていた。

尿意に似た感覚がステファニーを支配し、絶頂の予感に身を震わせる。

「あああっ、アレク、アレクぅっ……私も好き、好きぃっ」

「ステフっ……お前しかいない、俺には、お前しか――！」

ぱん、ぱんっと、肉が打ち合わされる音に加え、じゅく、ぶちゅという水音が、いやらしく室内を満たしていった。

「アレクっ、いきそう、いきそうっ……このままじゃ、もう……っ」

「俺もだ、ステフ……！　お前が悦すぎるっ、お前は最高だっ……！」

淫らに濡れた性器が合わさり、互いを絶頂に導く。

「ああっ、もうやばいっ」

アレクシスが反射的に蜜孔から自らの男根を引き抜こうとしたとき、しかしステファニーが止めた。

「ダメっ……アレク！」

「ス、ステフっ？」

ステファニーは涙目になって、アレクシスに縋りつく。

「お願い、そのままで、そのままで……私、アレクと一緒がいい、一緒がいいわっ」

「ステフ……っ」

アレクシスは一瞬だけ何か考えていたようだが、確かに公には許された関係にある。ならばもう我慢する必要はないのかもしれないと、彼は思い直したようだ。

「……わかった。一緒にいこう？　ステフ、お前と一緒に」

「アレク……！」

ステファニーは感動して、アレクシスをさらにきつく抱き締める。

アレクシスは抽挿を再開した。

「ふぁっ、ああっ、あ、いく、いくのっ、もう、ダメぇ――！」

「俺も、俺もだっ……いくぞ、ステフ、お前の中で……っ」

ステファニーは足を曲げ、アレクシスの腰に回す。

アレクシスはぐっと腰をひときわ強く突き入れ、ステファニーの最奥のしこった部分を突き上げた。

「ふぁあああああっ!!」

瞬間、ステファニーの膣が蠕動運動を始め、ぎゅっぽぎゅっぽと内側へ引き込むように動き出す。

「くうっ……!!」

その刺激に耐えきれず、ついにアレクシスに絶頂が訪れた。ぴたりと性器を合わせ、びゅくびゅくと膣内に吐精する。白濁は子宮口から子宮に流れ込み、つうっと蜜口から垂れていった。

「ふうっ……はぁ、はぁ、はぁ」

中に出されて、いままで感じたことのない充足感がステファニーを満たす。

「ああ、アレク……愛しているわ……」

アレクシスもまた荒く息をしていたが、繋がったままステファニーの上に倒れ込み、彼女を優しく抱き締めた。

「俺もだ、俺も……愛している。お前だけだ——」

「アレク、アレク……!」

「ステフ……!」

ふたりは顔を見合わせ、くすりと笑い合い、再び唇を重ねた。

しかしふいにアレクシスが顔を上げる。

ステファニーがきょとんとしていると、アレクシスが言いにくそうに告げた。

「ステフ、すまない。また大きくなってしまった」

「ええっ!?」

先ほど達したばかりだというのに、アレクシスの雄はステファニーの中で再び質量を取り戻していたらしい。

頬を朱に染めるステファニーに覆い被さったまま、アレクシスが問う。

「このまま動いてかまわないか?」

「も、もちろんっ……ふぅっ!」

ステファニーがうなずくや否や、アレクシスが腰を入れてきた。

蜜口は愛液と精液が混じり、白く泡立っている。

「ああっ……アレクっ!!」

「ステフ、お前だから、お前だから、俺はこうなるんだ——!」

アレクシスはベッドに手をついて上体を起こすと、激しくステファニーを揺さぶった。足をV字に開かせ、中をがつがつと穿っていく。

じゅく、じゅくっという卑猥な水音が室内に響き、淫靡な雰囲気がさらに色濃く染まっていった。

「ああんっ、や、んんっ、ふっ、うんっ、はぁっ」

アレクシスの絶倫具合による長い性交に、ステファニーは息も絶え絶え応えていた。もう声もかれそうで、足もがくがくと震えてくる。

「体勢、つらいか？」

「ん、うんっ、す、少しっ」

ステファニーが肯定すると、アレクシスは彼女の足を下ろし、繋がったままうつ伏せにさせた。

「ア、アレクっ？」

「そのまま、ステフは足も楽にして寝そべっていてくれ」

「う、うん……」

ステファニーは言われた通り、足を伸ばしてシーツを握り締める。

するとアレクシスはステファニーの背中に覆い被さり、身体をぴったり合わせて抽挿を再開した。

「ああっ!!」

足を閉じた状態は、秘孔で感じるアレクシスの剛直の形がよくわかる。媚肉をえぐるようにずっと何度も擦られ、ひどく感じさせられた。

「んんぅっ、アレク、それっ……！」

「ああ、俺も締められて、とても悦いっ」

アレクシスはぐ、ぐっと肉棒の出し入れを繰り返し、ステファニーを翻弄させる。

ステファニーの下肢は淫らな液体にまみれ、シーツにまで染みを作っていた。

ひたすら最奥を目指して、アレクシスが腰を使う。

「んんっ、ああっ、アレク、アレクぅっ、気持ちいぃ、いっちゃう、いっちゃう！」

「いいぞ、ステフ……！　お前のためなら、何度でもっ」

「ふぁああっ!!」

瞬間、ステファニーが身体を激しく痙攣させた。何度目かの絶頂に、目の前がちかちかして視界がぼやける。白く弾けた脳内はまったく機能せず、ただただ快楽をむさぼってしまう。

「うっ――そんなに締めたら……俺もっ……！」

「んぅ、きて、きて、アレクっ!!」

もう一度、先刻の満足感を得たくて、アレクシスに射精を促す。

アレクシスがきつく眉根を寄せ、額から汗を流しながら、ステファニーの子宮口を貫いた。

「くぅっ……!!」

「あああっ」

どくどくと、アレクシスの先端から発射された精液が、ステファニーの子宮に流れ込んでいく。

「ん……」

ひどく気怠いが、間もなくたとえようもない充足感がステファニーを満たした。

「ああ、アレク――」

「ステフ……っ」

ステファニーが顔を上げると、アレクシスの顔とかち合う。

「愛しているわ」

「俺も、愛している」

もう何度も同じやりとりをしているから、ステファニーはくすりと笑ってしまった。

アレクシスも同じ気持ちのようで、目尻にしわを刻んでいる。

絶頂の余韻から、ふたりでしばらく荒い息をついていたが、やがてアレクシスが口を開いた。

「ステフ、相談があるんだが――」

「なぁに？」

「実は、まだ収まらないんだ」

「えっ⁉」

今度こそぎょっとして、ステファニーは目をみはる。

結合部からは愛液にまみれた白濁が垂れており、いままさにアレクシスが達したことを物語っているのだが、どうやらこの絶倫騎士の渇望は続くらしい。

その愛欲の虜となった王女ステファニーは微笑み、静かにうなずくのだった。

終章　そして永遠の誓いを

ステファニーは純白のウェディングドレスに身を包み、教会の祭壇に向かっていた。同じく白いウェディングヴェールを被っていたので、周囲はよく見えなかったが、うしろには見知った顔ぶれが並んでいるはずだ。

牧師の言葉を反芻するように、隣に佇むアレクシスが言った。

「私、アレクシス・フィルポットは、ステファニー・サムウェルを生涯愛することを誓います」

それは子供の頃、何度も言われた台詞だったから、ステファニーは感動に瞳を潤ませる。

ついに本当に聞けるときが来たのだと、懐かしく、そして感慨深くなった。

次に牧師に促され、ステファニーも誓いの言葉を述べるときが来る。

「私、ステファニー・サムウェルは、アレクシス・フィルポットを生涯愛することを誓います」

指輪の交換の段になり、向かい合って互いの指に金色の指輪をはめていく。

アレクシスは緊張しているのか、少しだけ手が震えていた。

そんなアレクシスが微笑ましくて、ステファニーはふふっと笑ってしまう。

「わ、笑うなよ！」

小さく叫ぶアレクシスは白いタキシード姿で、今日はいつもよりとても素敵だ。

あれから約一年、最終的に父王のクリフトンはステファニーとアレクシスの結婚を許した。

ステファニーの熱意とアレクシスの誠意が伝わったわけである。

そしてふたりは日々愛を深め合い、ついにこの日を迎えることができた。

「それでは誓いのキスを」

牧師の言葉を合図に、アレクシスがステファニーのヴェールを持ち上げる。

笑っていたはずのステファニーが泣いていたので、アレクシスは驚いたようだ。

「どうした？」

「ごめんなさい……うれしくて……っ」

言葉を詰まらせ、ステファニーは鼻をすする。

ここまでの道のりは長かった。

身分差もあったことから、さすがに結婚はできないかと思っていたのだ。

しかしバンフィールド大陸はドリスコル王国から嫁に行った姉たちのおかげで、いまも平穏だった。くだんのカスタニエではいま、エドワール王子の再教育がなされているらしい。

それが終わらない限り、彼が王位を継ぐことはなさそうだ。セバスチャンの苦労が忍ばれたが、あんなことをしでかしたのだから仕方ない。

だから世界的な情勢を鑑みても、ステファニーは自由な婚姻が許される状況にあったのだ。そしてクリフトン王はステファニーが行き遅れる前にと、アレクシスの元に嫁がせることに決めた。

これからステファニーは降嫁して、フィルポット伯爵夫人となる。王女であることに未練はなく、シンシアもフィルポット家についてきてくれることになっていたので、不安要素はもう何もなかった。

あるとすれば――。

「身体がどこか痛むとかではないんだな？　本当に大事ないな？」

「アレクったら」

くすりと、ステファニーは涙を一筋流しながら微笑む。

そう、ステファニーはいま妊娠七ヶ月、お腹が大きな花嫁だった。

婚前交渉による妊娠にクリフトンは最初こそ顔をしかめたが、実の娘がすべてが他国へ嫁ぎ、孫を孫とも呼べなかったことから、すぐに手の届くところにいてくれる新たな孫を楽しみにする気になったようだ。

もちろんアレクシスがそれを喜ばないわけがなかった。アレクシスはステファニーの腹部に手を添え、胎動を感じられるよう優しく撫でる。

「ステフ……俺は、お前の喜びも不安も何もかも、すべて受け止めるよ。その上で、これからもお前を守ると誓う。永遠にだ」

「アレク……」

感動の瞬間、しかしそのとき、「いいからキスしろっすー！」というコリンの間延びした野次が聞こえてくる。

アレクシスは振り返って、コリンに向けて睨みを利かせたが、代わりにセオドアがすでにゲンコツを喰らわせていた。コリンの「ひどいっすー！」という声が教会内に響く。

「そ、それでは誓いのキスを」

牧師もまた痺れを切らせたように、再度同じ台詞を述べた。

ステファニーとアレクシスは顔を見合わせ、くすくすと笑い合う。

それからアレクシスがステファニーの肩に手を置き、ゆっくりと顔を寄せていく。

ステファニーが目をつぶると、やがて柔らかい唇の感触を自らの唇に感じた。

これでステファニーは、めでたくステファニー・フィルポットとなったのだ。

わー！　と、拍手と歓声がいっせいに起こる。

「おめでとう！　おめでとう！」

祝いの言葉を浴びながら、ステファニーとアレクシスは手を繋いで教会をあとにした。永遠の誓いとともに、これからの未来へと——。

了

あとがき

初めまして、またはお久しぶりです。ありがたいことに今回、二見書房ハニー文庫さまから二冊目を出させていただく運びとなりました。御子柴くれはと申します。

突発的なご依頼をいただき、私のできる最大限のスピードで初校を上げましたら、担当さまにとても驚かれてしまった経緯がございまして、これからは常識的なペースやクオリティにももう少し気を配ろうと反省しているところです。その節は大変ご迷惑をおかけいたしました。ただそのおかげで、長い時間作品に携わることができたので、結果的にはよかったかのかもしれないと思っております（正解がどうかはともかくとして）。

本作品は紙では、またハニー文庫さまでは初となる「駆け落ち」ものです。一国の王女が政略結婚をほっぽり出すなんてなかなかない展開だと思いますので、ある意味では斬新な作品に仕上がったのではないでしょうか。もしお気に召していただけましたら、お気軽にご感想やご意見などお送りください。参考に、励みにさせていただきます。

毎度長いですが、ここから謝辞を述べたいと思いますので、お付き合いください。

まずは今回も根気強くご指導くださった二見書房の担当さま、いつも本当に頼りにしております。担当さまのおかげで私は「作家」になれているので、感謝してもしきれません。心より感謝申し上げます。そして校正さま、今回もありがとうございます。

家族、友達（最近できたらしい笑）、親友（一応いるらしい笑）、病院の先生方、接骨院の先生方、こちらも仕事に煮詰まっているときにアドバイスをくれたり励ましてくれたり癒やしてくれたり、とても感謝しております。本当にありがとうございます。あと、一番の読者の相方。支えてくれること、本当にうれしいです。これからもご迷惑をおかけすると思いますが、一番の理解者でいてください。宜しくお願いいたします。

そして本拙作を紙書籍にするにあたりご尽力いただいた二見書房の皆さま、取次さま、印刷所さま、営業さまなど、関わってくださったすべての皆さまに感謝いたします。一冊の本にかかる労力は相当なものですから、皆さまには足を向けて寝られません。

最後にこの本をご購入くださった読者さまに、最大限のお礼を申し上げます。また機会がございましたら、ぜひ「御子柴くれは」作品をチェックしてみてくださいね。

二〇二二年吉日　御子柴くれは　拝

御子柴くれは先生、緋月アイナ先生へのお便り、
本作品に関するご意見、ご感想などは
〒101-8405
東京都千代田区神田三崎町2-18-11
二見書房　ハニー文庫
「絶倫騎士の渇望～王女は愛欲の虜～」係まで。

本作品は書き下ろしです

絶倫騎士（ぜつりんきし）の渇望（かつぼう）
～王女（おうじょ）は愛欲（あいよく）の虜（とりこ）～

2022年 3 月10日　初版発行

【著者】御子柴（みこしば）くれは

【発行所】株式会社二見書房
東京都千代田区神田三崎町2-18-11
電話　03（3515）2311［営業］
　　　03（3515）2314［編集］
振替　00170-4-2639
【印刷】株式会社 堀内印刷所
【製本】株式会社 村上製本所

落丁・乱丁本はお取り替えいたします。
定価は、カバーに表示してあります。

ISBN978-4-576-22020-8

https://honey.futami.co.jp/

御子柴くれはの本

バツイチ子持ち令嬢の新たなる縁談

イラスト=KRN

男爵家令嬢のエレノーラに、以前仮面舞踏会で出会った
ウィルキンズ伯爵からの縁談が。しかし彼女はバツイチ、しかも子持ちで…!?

甘くとろける蜜の恋☆濃蜜乙女レーベル
Honey Novel
星に導かれ
王の花嫁になりました
〜占いで体位まで決めるのですか!?〜
さえき巴菜
天路ゆうつづ

秋野真珠の本

目指すは円満な破談ですが 旦那様(仮)が手強すぎます

イラスト=石田 恵美

ジリ貧貴族のリリーシアは、次期宰相と目され今をときめくデュークから求婚されてしまう。にわか婚約生活が幕を開けるけれど…。

真下咲良の本

理想の王子様とはちょっと違うの
〜砂漠の恋の一期一会〜

イラスト＝炎かりよ

父と兄を捜すリーンを助けたのは、王子と同じ名を持つ盗賊団の一味、
ファイサル。彼はリーンを未来の妻と呼ぶけれど…。

真下咲良の本

仔ウサギちゃんいらっしゃい

イラスト＝水綺鏡夜

北州の貴族レオンとの婚約破棄のため、嫌われ作戦を試みる南州出身のマリーナ。北国暮らしが悪いとも思えず、計画は失敗続きで…。